아지랑이 없는 들녘

아지랑이 없는 들녘

발행일	2026년 1월 13일

지은이	김창오
펴낸이	손형국
펴낸곳	(주)북랩

출판등록	2004. 12. 1(제2012-000051호)
주소	서울특별시 금천구 가산디지털 1로 168, 우림라이온스밸리 B동 B111호, B113~115호
홈페이지	www.book.co.kr
전화번호	(02)2026-5777 　　　　　 팩스　(02)3159-9637

ISBN	979-11-7598-082-2 03810 (종이책)　　979-11-7598-083-9 05810 (전자책)

작가 연락처 문의 ▸ ask.book.co.kr

전용 게시판에 문의를 남기시면 저자에게 직접 전달됩니다.

(주)북랩 성공출판의 파트너

북랩 홈페이지와 SNS에서 다양한 출판 솔루션을 만나 보세요!

홈페이지 book.co.kr　　•　**블로그** blog.naver.com/essaybook　　•　**출판문의** text@book.co.kr

카톡채널 북랩

아지랑이 없는 들녘

김창오 지음

모정 호수에 비친 월출산 일출

프롤로그

지금으로부터 28년 전, 나는 분주하게 돌아가던 도시의 일상을 뒤로하고 가족과 함께 어머니가 계신 고향 마을로 돌아왔습니다. 시골 생활을 하면서 그동안 잠시 잊고 지냈던 자연의 시간표를 다시금 새롭게 익힐 수 있었습니다.

아내와 의논하여 텃밭과 차밭을 조성하고, 주민들과 더불어 사계절 마을 축제를 기획하고, 아이들과 함께 꽃밭과 정원을 가꾸는 시간은 내게 큰 축복이었습니다. 동네 어른들에게 농촌 생활의 지혜를 배우는 동안, 삶의 속도는 자연의 순환 질서에 맞춰 천천히 잦아들었습니다.

이웃과 더불어 고향을 지키며 사는 소박한 일상에서 나는 나눔과 섬김의 참된 가치를 배웠습니다. 또한 아이들이 흙을 밟고 마음껏 뛰어노는 모습을 지켜보며, 내가 잃어버렸던 동심의 세계를 다시 만나는 기쁨을 누리기도 했습니다.

한편, 시골의 고요함 속에서 만난 차 한 잔의 세계는 내게 깊은 울림을 주었습니다. 내게 차는 단순한 음료가 아니라 여유 그 자체였으며, 삶의 멋과 풍류를 일깨워 주는 스승이었습니다.

이 책은 귀촌 후 전원생활을 하며 마주한 풍경과 사람 그리고 그 속에서 건져 올린 작은 깨달음에 대한 기록입니다. 나는 이 글들을 통해 전원생활의 즐거움뿐만 아니라 사라져 가는 농촌 공동체의 따스한 온기를 기록하고자 노력했습니다. 또한 자연 앞에 머리를 숙이며 살아가는 사람들의 겸손한 태도를 담아내고 싶었습니다. 특별하거나 거창한 내용은 없지만, 한 개인의 평범한 일상을 솔직하고 담담하게 기록하는 것 또한 의미 있는 일이라 믿었습니다.

이 책은 아내의 변함없는 격려와 지지가 있었기에 세상의 빛을 볼 수 있었습니다. 마을 공동체 가꾸기의 여정을 담았던 첫 번째 책 『모정마을 이야기』(2021)에 이어, 이제 용기를 내어 두 번째 이야기를 세상에 내놓습니다.

서울을 떠나 낯선 농촌 마을에 뿌리를 내리는 고단한 여정 속에서도 늘 따뜻한 미소로 노모를 봉양하고 두 아이를 늠름하게 길러 낸 아내의 정성과 노고에 깊은 감사와 존경을 표합니다. 또한 오늘날의 나를 있게 해 준 고향 산천과 지난 세월 인연을 맺은 모든 분께 고마운 마음을 전합니다.

아울러 세상의 안녕과 평화를 기원합니다.

2026년 1월

월인당 서재에서 김창오 삼가 쓰다

차례

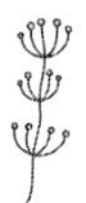

PART III.
가을

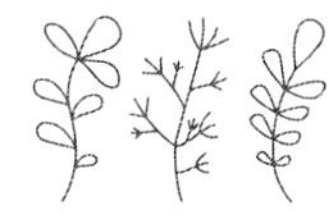

PART IV.
겨울

Part I

봄

꽃이 피어야 비로소 봄이다

　삼월은 봄의 문턱입니다. 봄이 오는 길목에서 오랜 가뭄 끝에 비가 내리고 있습니다. 황토 마당 위로, 울타리 옆 소나무 가지 위로, 집 없는 새들과 곤충들 위로, 산과 대지와 실개천 위로, 하염없이 내립니다. 시들어 가는 밭작물을 애타게 바라보다 시름에 젖었던 농부님들의 환해진 얼굴 위로, 저녁 퇴근길 무거운 가방을 메고 인도를 걸어가는 소시민들의 어깨 위로, 밤새 내리는 빗소리에 어디 마음 둘 곳 못 찾아 거리를 헤매는 저 쓸쓸한 사람들의 가슴 위로, 그저 무심하게 추적추적 봄비가 내립니다.

　메말랐던 가슴과 대지를 적시고 겨우내 잠들었던 초목들을 깨웁니다. 오늘 내리는 봄비로 이들은 더욱 바빠질 것입니다. 뿌리로 흡수한 생명수를 물관을 통해 뽑아 올려, 그동안 잠들었던 메마른 가지의 눈을 틔워 세상을 보게 할 것입니다. 위로 흐르는 물, 이것이 바로 생명의 역동성입니다! 모든 생명은 '물은 아래로 흐른다'는 자연의 이치를 거스릅니다. 이 생명의 역동성으로 말미암아 우주의 봄은 소란스럽고 아름답습니다. 대지에서 새싹이 돋고, 나뭇가지에서 움이 트고, 꽃나무에서 꽃봉오리가 속살을 드러냅니다. 겨우내 움츠렸던 사람들의 마음에도 온기가 돌고, 희망의 싹이 돋아

납니다.

　마당에 심어 놓은 봄꽃나무마다 꽃망울이 맺히더니 마침내 순서대로 꽃이 피기 시작했습니다. 제일 먼저 매화꽃이 피었습니다. 하루에도 몇 번씩 가지마다 주렁주렁 매달려 있는 매화 봉오리를 살펴보는 재미가 쏠쏠했는데, 이 봉오리들이 필 듯 필 듯하면서 그저 머뭇거리기만 할 뿐 선뜻 꽃잎을 펼치지 않더니, 경칩이 지나자 기어코 청아한 속살을 내보였습니다. 대숲에서 불어오는 실바람에 매화 향이 실려 와 코끝이 향기롭습니다. 매화는 추운 겨울을 지내야만 향기가 맑고 속되지 않은 법입니다. 매화는 매섭고 차가운 겨울바람과 폭설을 견디면서도 열악한 환경에 굽히지 않고, 오히려 그 추위와 기개를 안으로 수렴하여 간직하고 있다가 때가 되면 스스로 꽃 문을 열어 봄을 부릅니다.

　매화꽃은 봄의 전령사입니다. 매화 향기가 뜰에 가득 퍼지고 나서야 비로소 봄이 시작됩니다. 매화꽃이 한창일 때, 살구꽃이 뒤를 이어 빼꼼 얼굴을 내밉니다. 살구꽃은 매화꽃에 비해 향기가 덜합니다. '살구꽃 핀 마을은 어디나 고향 같다'고 읊었던 이호우 시인의 말처럼 살구꽃은 정겨움의 꽃입니다. 살구꽃이 지고 나면 나도 질세라 벚꽃이 화려하게 등장합니다. 매화가 절개를 나타내고 벚꽃이 화려함을 상징한다면, 살구꽃은 수수함을 대변합니다. 매화가 군자의 꽃이고 벚꽃이 귀족의 꽃이라면, 살구꽃은 서민의 꽃입니다.

　그런데 우리가 봄에 대해서 한 가지 간과하고 있는 점이 있습니다. 사람들은 보통 봄이 오면 꽃이 핀다고 말합니다. 그러나 이것은 오해입니다. 봄이 오면 꽃이 피는 것이 아니라 꽃이 피어야 봄이 오는 것입니다. 동학의 창시자 수운 최제우 선생이 읊은 시구 가운데 다음과 같은 구절이 있습니다.

> "꽃문이 스스로 열림에 봄바람이 불어온다(花扉自開春風來)."
>
> — 최제우, 「영소(詠宵)」

같은 맥락으로 다음과 같은 시구도 있습니다.

> "바람, 비 그리고 서리와 눈이 지나간 후,
> 한 나무에 꽃이 피니, 온 세상이 봄을 맞이하네"
>
> (風雨霜雪過去後 一樹花發萬世春)
>
> — 최제우, 「우음(偶吟)」

아무리 봄비가 내리고 봄바람이 분다고 해도 꽃봉오리가 열리지 않으면 진정한 봄이 왔다고 말할 수 없습니다. 이 세상의 초목들이 안으로 수렴하여 간직하고 있던 자신들만의 독특한 색깔과 향기를 밖으로 드러내지 않는다면 우리가 경험해 온 그 아름답고 화려한 봄은 오지 않을 것입니다. 꽃이 피지 않았는데도 '삼월이 되었으니 봄이다'라고 말할 수는 없을 것입니다.

인간 세상의 모습 또한 자연의 이치와 다르지 않을 것입니다. 메마른 대지가 봄비를 머금고 마침내 꽃망울을 터뜨리듯, 우리 마음 속에도 스스로 피워 올려야 할 꽃이 있습니다. 척박한 역사의 뜰에서 봄꽃 향기가 가득 피어오르기를 갈망하며 고난을 견딘 이들도 적지 않았습니다. 그들의 숭고한 노력 덕분에 사람 사는 이 땅에 온갖 향기로운 꽃들이 만발할 수 있는 여건이 마련되었습니다. 하지만 여전히 세상은 소란스럽고, 우리가 기다리는 완연한 봄은 더디게 오는 것처럼 느껴집니다. 그 이유는 우리 사회를 구성하는 개개인이 저마다 지니고 있는 독특한 색깔과 향기를 아직은 제대로 발산하지 못하고 있기 때문일 것입니다. 매서운 북풍한설을 잘 견뎌내고 은은한 향기를 내뿜는 매화꽃처럼, 우리 또한 내면에 간직하고 있는 맑고 고귀한 품성을 세상 밖으로 밝히 드러냈을 때 비로소 인간 역사의 뜰에 아름다운 봄이 찾아올 것입니다.

봄은 많이 보라는 뜻이니, 밖에 나가 만물이 생동함을 보고 느끼는 시기입니다. 한적하고 고요한 시골 마당 한구석에 나가 홀로 봄꽃 향기를 맡으며 "꽃문이 스스로 열림에 봄바람이 불어온다"는 수운 선생 말씀의 속뜻을 되새깁니다.

'봄바람이 불어와 꽃이 피는 것이 아니다. 꽃이 피어야 비로소 봄이다. 살 만한 세상은 저절로 오지 않는다. 우리는 모두 봄꽃이 되어야 한다. 우리 스스로 마음의 문을 열고 따사로운 봄바람이 불어오게 해야 한다. 우리가 한 송이 향기로운 봄꽃으로 피어날 때 세상은 비로소 각양각색의 눈부신 봄 동산으로 탈바꿈될 것이다.'

올봄에는 이 봄 동산에서, 온 이웃들이 지역과 지역을, 세대와 세대를 뛰어넘어, 손에 손잡고 함께 평화의 노래를 부르며 덩실덩실

춤추는 시절이 도래하길 소망합니다.

지금도 봄비는 내리고 있습니다. 단지 깨어 있는 사람들을 위해서, 흙냄새 나는 오솔길을 걸을 줄 아는 사람들을 위해서, 봄비가 내리고 꽃이 핍니다.

텃밭에 들불을 놓다

　며칠 동안 매서운 북풍이 몰아치더니, 오늘은 따사로운 햇살이 들녘에 가득합니다. 아무리 바람이 차갑고 날씨가 을씨년스럽다 해도, 우수가 지난 바람은 냉기가 한풀 꺾입니다. 태양이 지나가는 자리가 어제 다르고 오늘 다릅니다. 마당에 그늘이 지는 양을 살펴보면 알 수 있습니다. 내가 사는 집은 동북향인데, 앞마당에 비치는 오전 햇살의 양이 소한, 대한 때와는 비교할 수 없을 정도로 많습니다.

　남서향으로 기울어 운행하던 태양이 이제 굽은 허리를 점점 곧추세우고 있습니다. 그러자 태양의 고도는 높아지고, 일조량도 풍부해집니다. 한겨울에 응달이었던 지역이 양지로 바뀌고, 양지였던 부분은 음지가 됩니다. 우주의 이치는 한 치의 어긋남도 없습니다. 가득 차면 기울어지고, 기울어지면 가득 찹니다. 이 이치를 세상의 물상들은 배우지 않아도 스스로 터득하고 있습니다. 오직 인간들만이 이 간단한 이치를 망각하고 사는 듯합니다.

　초목들은 옷을 입어야 할 때와 벗어야 할 때, 꽃을 피워야 할 때와 열매를 맺어야 할 때, 일해야 할 때와 쉬어야 할 때를 알고 그 이치에 따라 행동합니다. 그러나 사람들은 언제 입고 벗어야 할지, 언제 일하고 쉬어야 할지를 잊은 채 자연의 이치를 거스르며 살아갑니다. 세상이 시끄러운 것은 바로 이 때문일 것입니다. 철모르는 철부지들이 많은 까닭입니다.

오늘 햇볕은 정말 따사롭습니다. 조금씩 불어오는 바람도 어제와는 달리 봄기운을 가득 품고 있습니다. 상황이 이렇게 되면 대지의 초목들은 제철을 만나 기지개를 켭니다. 대지 위에 사는 인간들은 자기들만 사는 세상인 줄 착각하고 기고만장해서 떠들어 대지만, 사실 이 시기는 땅속에서 동면하던 초목들의 씨앗과 뿌리 그리고 지상에서 우주의 운행하는 기운을 감지하고 있던 나뭇가지들이 제일 바쁜 시기입니다. 이들은 눈을 감고 있는 것 같지만, 오히려 그래서 온몸으로 우주의 변화를 느낍니다. 두 눈을 똑바로 뜨고 다니면서도 오히려 아무것도 보지 못하고 느끼지 못하는 사람들과는 아주 대조적입니다.

헬렌 켈러 자서전에 이런 이야기가 나옵니다. 한 친구가 숲속으로 소풍 다녀온 이야기를 하자, 헬렌 켈러는 그 친구에게 이렇게 묻습니다.

"숲속에서 무엇을 보고 왔니?"

"아무것도 보지 못했어."

친구의 대답을 듣고 헬렌 켈러는 놀라며 말합니다.

"아니, 앞을 못 보는 나도 네가 숲속에 갔었다는 말을 들으니 맑은 시냇물과 아름다운 새들과 햇살에 반짝이는 연둣빛 나뭇잎이 머릿속에 그려지는데, 밝은 두 눈을 가진 네가 어떻게 아무것도 못 보았다고 말할 수 있니?"

날씨가 이렇게 좋은 것은 농부들에게 봄을 맞이할 준비를 하라고 자연이 일깨워 주는 것일 겁니다. 농부들은 입춘이 지나면 벌써 농사지을 준비를 합니다. 이 세상에서 농부들만큼 제철을 잘 아는 사람들은 없을 것입니다. 그들은 씨앗을 준비할 때와 뿌릴 때, 그리고 거둘 때를 압니다. 만일 농부가 이때를 놓친다면, 그는 일 년 농사를 망치게 되고 이웃 농부들에게 손가락질을 받게 될 것입니다. 우리가 어리석은 사람들을 보고 '철 좀 들어라'고 말하는 것은, 바로 이 농부처럼 세상의 이치, 즉 일을 행하는 시기를 알라는 뜻입니다.

저 역시 전업 농부는 아니지만, 꽤 넓은 텃밭을 가꿀 준비를 하기 위해 아내와 함께 농기구를 들고 마당에 나섰습니다. 움츠렸던 가슴을 펴고 사방을 둘러보니, 마당 둘레에 심어 놓은 나무들의 가지 끝에도 봄기운이 무르익고 있습니다. 마당 가 매화나무를 자세히 살펴보니, 가지마다 꽃망울들이 곧 터질 것처럼 부풀어 올랐습니다. 워낙 매화를 좋아해서 마당 주변에 10여 그루의 매화나무를 심어 놓았습니다. 청매, 홍매, 백매, 세 종류를 심어 놓았습니다. 그중에서 홍매가 항상 제일 먼저 꽃망울을 터뜨립니다. 오늘도 보니 홍매화 꽃망울이 제일 크게 부풀어 있습니다. 일주일 정도 지나면 활짝 필 것 같습니다. 벌써부터 매화차를 마실 생각에 미소가 떠오릅니다. 매화뿐만 아니라 살구나무, 동백나무, 산수유나무들도 꽃망울이 망울져 있습니다. 돌담 밑 복수초는 노란 꽃잎을 수줍은 듯 펼친 아기 손처럼 벌리고 있고, 수선화도 연둣빛 새싹을 수줍게 틔우고 있습니다. 남도는 이미 소리 소문 없이 봄이 시작되고 있었습니다.

아내와 나는 밭둑과 밭고랑에 무성하게 자라 있는 풀을 태우기 위해 들불을 놓았습니다. 때마침 불어오는 산들바람을 맞아 텃밭은 순식간에 화염에 휩싸였습니다. 밭둑과 밭고랑은 시커멓게 그을리며 재만 남기지만 우리는 압니다, 그 재 속에 파란 새싹들이 뾰족뾰족 돋아날 것임을. 그것이야말로 들불에도 굴하지 않는 들풀의 놀라운 생명력입니다. 채소를 가꾸다 보면 성가신 존재들이긴 하지만, 이 이름 모를 들풀의 강인한 생명력 때문에 이 세상이 균형을 잃지 않고 존재한다고 생각하면 고맙기 그지없는 존재들입니다. 이들은 토양의 유실을 막아주고 온갖 곤충과 미생물의 서식처를 제공하여 생태계를 지탱하게 합니다. 더욱이 지금 나오는 쑥이나 냉이 같은 들풀들은 대부분 약초나 다름없는 것들입니다.

텃밭에 들불을 지르면서 아내와 나는 말없이 지켜만 보고 있었습니다. 이 밭에 차나무 씨앗을 심어 차밭을 일구고, 또 수십 종의 채소를 심고 가꿀 것입니다. 아내와 나는 이미 우리 집 식탁 위에 올려질 풍성한 채소를 생각하며 미소를 띠고 있었습니다. 대문 곁의 산벚나무 가지 위에 어디선가 산까치가 날아와 지저귀고 있습니다. 새들도 봄이 오는 것이 즐거운가 봅니다.

망월사 달 밝은 밤, 찻물 끓는 사이에

밤새 봄을 재촉하는 비가 내리더니, 아침 날씨가 제법 쌀쌀합니다. 하늘이 잔뜩 흐리고 차가운 바람이 세차게 불고 있습니다. 이런 날 자칫 집 안에만 있다 보면 몸과 마음이 움츠러들기 쉽습니다. 그렇다고 어린아이를 데리고 산책을 하기에는 바깥 날씨가 너무 을씨년스럽습니다. 이럴 때는 절친한 벗을 불러내어 술 한잔, 차 한잔 하면서 담소를 나누면 좋을 텐데, 다들 바쁘게만 살아가는 터라 이것 또한 쉬운 일이 아닙니다.

잠시 어머니 방에 들러 이야기를 나누다 TV 뉴스를 보니, 세상 돌아가는 일이 몹시 번잡하고 소란스럽습니다. 몇 달 앞으로 다가온 총선 소식부터 지역 소멸, 남북 경협 문제, 위태로운 국제 정세, 기후 변화, 학교 교육 위기에 이르기까지 해결해야 할 난제들이 쉼 없이 쏟아져 나오고 있습니다. 아무리 오지 시골 마을에서 살고 있다 할지라도, 이 나라의 백성인 이상 정치로부터 자유로울 수는 없겠지요. 계속 보고 있자니 머리가 어지럽고 무기력증이 생기려 하는 것 같아, 어머니 방에서 나왔습니다.

책이나 볼 요량으로 조그마한 서재로 가니, 벌써 아내가 찻물을 끓여 놓았습니다.

"세상 돌아가는 일에 너무 신경 쓰지 말고 그냥 차나 한잔 마시면서 마음 다독이세요."

"당신 말이 맞소. 마당에 나가서 매화꽃을 따다가 매화차나 마십시다."

아내의 제안에 흔쾌히 동의했습니다.

사실 예부터 차를 가까이한 선비들은 늘 홀로 차를 마시며 마음을 다스렸습니다. 조용히 앉아서 향기로운 차를 마시다 보면, 흐트러지고 어지러워진 마음이 자신도 모르게 차분히 가라앉곤 합니다. 잠시라도 세상일을 잊고 평정심을 되찾는 것이겠지요.

장자(莊子)는 이런 상태를 좌망(坐忘)이라고 했습니다. 좌망은 단정히 앉아 일체의 물아, 시비, 차별을 잊고, 나아가 인의와 예악마저도 잊은 상태를 말합니다. 이것은 마음을 수양하는 참선이나 명상에서 추구하는 도의 경지인데, 홀로 앉아 차를 마시다가도 이런 좌망의 경지에 도달할 수 있다고 합니다. 조선 시대 이름난 다인(茶人) 매월당 김시습은 혼자서 차를 마시며 체험한 좌망의 상태를 이렇게 노래했습니다.

"마음이 물처럼 맑으니
자유자재하여 막히고 걸림이 없네
바로 이것은 사물과 나를 잊는 경지이니
혼자서 잔에 차를 따라 마시니 좋구나"

우리와 같은 속인이 감히 매월당이 체험한 망물아(忘物我)의 경지를 넘볼 수는 없는 일이지만, 그래도 차를 마시다 보면 어느 정도 마음이 차분해지고 생각이 정리되는 것을 느낄 수 있습니다. 마당에 나가 반쯤 벌어진 매화 꽃봉오리를 몇 개 따다가 흰 접시 위에 얹어 놓았습니다. 하얀 접시 위의 붉은 홍매 몇 송이와 푸르스름한 청매 몇 송이가 고절(孤節)한 향기를 내뿜으며 고요히 나의 손길을 기다립니다. 그 향기는 찻잔 속 따뜻한 물에 배어들고, 마침내 한 모금 머금은 입안을 거쳐 온몸 속으로 퍼져나갑니다. 봄에 마시는 차 가운데 제일은 뭐니 뭐니 해도 역시 매화차가 최고입니다.

사람들은 이 매화차를 '봄의 풍류차(風流茶)'라고 부르며 앞다투어 만들어 마십니다. 매화차를 만드는 방법은 아주 간단합니다. 반쯤 벌어진 매화 몇 송이를 조심스럽게 따다가 예열된 다관에 넣고 뜨거운 물을 부은 다음, 조금 기다렸다가 찻잔에 따라 마시면 됩니다. 또는 녹차를 우려 따른 찻잔에 매화를 한 송이씩 띄워 마셔도 좋습니다. 녹차 향과 매화 향이 어우러져 피어오르는 미묘한 이중주의 향기는 세상의 복잡한 일상을 잠시나마 잊게 해 줍니다. 대도시에서 사시는 분들도 인근 공원이나 산에 피어 있는 매화 꽃봉오리를 몇 송이 따다가, 모처럼 한가하게 매화차를 우려 마셔 보면 어떨까요?

너무 바쁘게만 살면서 지나치게 세상일에 몰두하다 보면, 자칫 건강을 해칠 수가 있습니다. 한가로운 시간은 자신이 스스로 만드는 법입니다. 창밖으로 꽃샘추위의 차가운 바람이 불고 있긴 하지만, 오늘 저녁 한 시간만이라도 매화차를 마시면서 한번 좌망(坐忘)

의 경지를 체험해 보면 어떨까요?

매화차 이야기가 나왔으니 말이지 나는 매화를 참 좋아합니다. 둘째 아이를 가졌을 때, 아내와 함께 영암 신북 망월사 앞뜰에 청매화 한 그루를 심고 법당에 헌시를 바쳤습니다. 망월사는 월출산에서 떠오르는 달을 한눈에 조망해 볼 수 있는 신북면 호산 중턱에 자리한 작은 사찰입니다.

"망월사 달 밝은 밤

찻물 끓는 사이에

매화꽃이 펴,

그 향기 온 세상 뒤덮네"

아이가 건강하게 태어나 훌륭하게 자라서 매화 향기처럼 향기로운 사람이 되기를 간절히 바라는 마음에서였습니다. 그 염원이 빛을 발해서인지, 아이는 지금까지 해맑고 튼튼하게 자라고 있습니다. 지난 월요일에 그 망월사를 다녀왔습니다. 망월사에는 믿기 힘들 정도로 깨끗한 석간수가 솟아나는 우물이 있습니다. 물맛이 정말 좋습니다. 무색무취하고 감칠맛이 돕니다. 이 물로 차를 달이면 차의 색과 향도 뛰어납니다. 이 석간수를 물통에 가득 채운 후 매화나무로 갔습니다. 매화나무를 심어 놓은 지 8년째인데, 몸통이 튼실하고 가지가 무성하니 잘 자랐습니다. 매화 꽃봉오리가 가지마다 주렁주렁 열려 청아한 향기가 망월사 뜰에 가득합니다. 마치 우리 아이를 보는 듯했습니다. '세상에 나무를 심어 가꾸는 것만큼 큰 공덕은 없다'라는 말을 자주 들어 왔는데, 새삼 그 말의 뜻을 실감할 수 있었습니다.

옛날에는 집안에 아이가 생기면 기념으로 뜰에 나무를 심는 풍습이 있었습니다. 그 나무를 '아가나무'라고 불렀습니다. 주로 아들을 낳으면 소나무나 잣나무를 심고, 딸을 낳으면 오동나무를 심었습니다. 그래서 딸이 시집을 갈 때, 그 오동나무를 베어 가구를 만들어 주었다고 합니다. 오늘날에는 사라져 버린 풍속이어서 참 아쉽습니다. 하지만 이런 좋은 풍습은 맘만 먹으면 오늘날에도 얼마든지 다시 살릴 수 있을 거라 믿습니다.

혹시 앞으로 아이를 낳을 분들이 계신다면 '아가나무' 심기를 권합니다. 꼭 소나무나 오동나무가 아니더라도 좋습니다. 앵두나무나 매화나무도 좋고, 느티나무나 이팝나무도 좋을 것입니다. 도시 사는 집에 나무 심을 공간이 없다면 고향 부모님이 계신 시골집 마당에 심어도 좋고, 아니면 저처럼 사찰이나 공원에 심어도 좋을 것입니다. 아이와 함께 자라는 나무를 지켜보는 일이 얼마나 신기하고 재미있는지 모릅니다. 20년 후, 망월사 뜰 안 가득 무성하게 가지를 드리울 매화나무를 상상하면서, 천천히 오솔길을 내려왔습니다.

수선화

봄비가 내린 뒤부터 온 산과 들에 꽃향기가 가득합니다. 지나는 마을마다 매화, 산수유, 목련, 동백, 개나리, 진달래꽃으로 뒤덮여 있습니다. 지난 토요일에 해남 산이면에 있는 10만 평 매화밭에 다녀왔습니다. 푸른 보리밭을 배경으로 매화 꽃잎들이 함박눈처럼 분분히 날리고 있었습니다. 함께 간 두 아이도 꽃봉오리 흐드러진 아름드리 매화나무 가지 아래를 뛰어다니면서 봄의 향기를 만끽했습니다. 광활한 시뻘건 황토밭에 끝없이 펼쳐진 수천 그루의 매화나무에서 내뿜는 청아한 꽃향기는 일상생활에 지친 사람들의 심신을 잠시나마 어루만져 주고 재충전시켜 주는 데 부족함이 없어 보였습니다. 어른, 아이 구분 없이 모두 기쁘고 들뜬 표정이었습니다.

집으로 돌아와 사립문을 열고 들어가니 돌담 밑의 수선화 세 송이가 우리 가족을 반깁니다. 그동안 필 듯 필 듯하면서 애를 태우더니, 오늘 드디어 속살을 드러냈습니다. 수줍은 듯 고개 숙여 지내더니, 이제 제법 낯이 익었는지 얼굴을 빤히 들고 나를 쳐다봅니다. 뿌리 생김새는 양파처럼 생겼는데, 어쩌면 저렇게도 아름다운 꽃을 피워 올릴 수 있는지 그저 신기할 따름입니다. 그리스 신화에 나오는, 물에 비친 자신의 모습에 반해 물속에 몸을 던진 나르시스의 모습이 정말 저 수선화처럼 아름다웠을까요?

　이 수선화는 조선 선비들이 각별하게 사랑했던 꽃이었습니다. 특히 추사 김정희 선생이 이 수선화를 아꼈습니다. 서울에서는 보기 어려워 어쩌다 중국에 다녀오는 이가 강남의 수선화를 가져오면 뛸 듯이 기뻐했다고 합니다. 당시에 수선화는 이처럼 구하기 힘든 귀물(貴物)이었습니다. 한 번은 평양에서 지인이 수선화 한 송이를 보내왔는데, 이것을 고려자기에 심어 평소에 흠모하던 다산 정약용 선생에게 선물로 보내기도 했다고 합니다. 그런데 그렇게 귀한 수선화가 유배지인 제주도에는 지천으로 널려 있었습니다. 추사는 이 수선화를 감상하면서 시를 짓고 그림을 그리면서 무료함을 달랬다고 합니다.

　　　　수선화(水仙花)

　　　한 점의 겨울 마음 송이송이 둥글어라

　　　그윽하고 담담하며 냉철하고 빼어났네

　　　매화가 기품이 높다지만 뜨락을 못 면했는데

　　　맑은 물에서 참으로 해탈한 신선을 보네

　　　(點冬心朵朵圓 品於幽澹冷雋邊

　　　梅高猶未離庭 淸水眞看解脫仙)

　다른 문인화 속에서도 소나무, 바위와 더불어 수선화가 많이 등장하는 것으로 보아, 옛 선비들이 이 꽃을 매우 소중하게 여겼던 것은 틀림없는 것 같습니다. 그런데 너무 아름다운 것은 외롭고 슬픈 법인가 봅니다. 특히 시인들에게 이 '역설의 법칙'이 적용되는 것 같습니다. 오월에 피는 모란꽃이 그렇고, 삼월에 피는 수선화가 그렇습니다. 수많은 시인들이 겁 없이 수선화 앞에 다가섰다가 그 치명적인 아름다움에 속절없이 무너져 내렸습니다.

정호승 시인은 「수선화에게」라는 시에서 '울지 마라 외로우니까 사람이다 살아간다는 것은 외로움을 견디는 일이다'고 토로합니다. 심지어는 '새들이 나뭇가지에 앉아 있는 것도 외로움 때문이고 네가 물가에 앉아 있는 것도 외로움 때문이다'라고 합니다. 그에 따르면 산 그림자도 외로워서 하루에 한 번씩 마을로 내려오고 종소리도 외로워서 울려 퍼집니다. 이 정도면 수선화는 단순한 꽃이 아니라 외로움의 화신입니다.

이런 역설의 법칙은 동서양을 막론하고 비슷하게 적용됩니다. 17세기 영국의 서정시인 로버트 해릭(1591~1674)은 「수선화에게」라는 시에서 아름다운 수선화가 너무 빨리 지는 것을 슬퍼하며 그 안타까운 심정을 다음과 같이 읊었습니다.

"아름다운 수선화여, 우리는 너희들이 얼른 가버리는 것을 보고 눈물짓노라. 우리도, 너희와 마찬가지로, 머물 시간이 짧단다. 아침 이슬의 진주(眞珠)처럼, 다시는 찾을 길 없노라."

참, 시인들은 우리와는 다른 별개의 부류인 듯합니다. 활짝 핀 꽃들을 보면서 모두 즐거워하는데, 외로움이니 사멸이니 하면서 찬물을 끼었습니다, 심술쟁이처럼. 그러나 시인들은 일시적인 현상에서 생기는 즐거움보다는 영원한 어떤 것을 추구하는 사람들인지라, 한 편 당연한 일로 받아들여지기도 합니다. 그들이 꽃이 지는 순간을 먼저 떠올리는 것은, 오히려 우리에게 영원하지 않은 것들의 소중함을 역설적으로 일깨워 주기 위함일 것입니다.

아이들을 방에 들여보내 놓고 다시 마당으로 나와 수선화 곁으로 갔습니다. 마침 민들레 홀씨 하나가 봄바람에 휩싸인 채 수선화 위를 선회하며 어디론가 날아갑니다. 목적지는 없을 것입니다, 우리의 삶처럼. 그저 우연한 곳에 떨어져 그곳에 뿌리를 내리고, 그 자리에서 한 생을 마감할 것입니다. 수선화도 민들레도 움직이지 못하는 숙명에 고개 숙인 채 밤새 달빛을 맞으며 외로워하겠지요. 하지만 그대들이 외롭다 한들 인간의 외로움만 할까요.

이렇게 아름다운 꽃이 피고 있는데도 사람들은 먼저 꽃이 지는 때를 떠올립니다. 그리고 탄식하고 슬퍼하다가 세상을 향해 목 놓아 외칩니다. '나 외롭다!'라고. 참 바보들입니다. 가고 싶은 곳 마음대로 가면서, 먹고 싶은 것 마음대로 먹으면서, 만나고 싶은 사람 마음대로 만나면서, 그러면서도 인간들은 외로움에 치를 떱니다.

심지어는 사랑을 하면서도 외롭다고 말합니다, 사랑을 불신하기 때문에, 누군가를 사랑한다는 일이 불안하고 두렵기 때문입니다. 사실은 자기 자신도 사랑할 줄 모르기 때문일 것입니다. 100층 빌딩 짓는 법과 달나라 가는 법과 대륙간 탄도미사일을 발사하는 법은 알면서도, 자신을 사랑하는 법과 이웃을 사랑하는 법은 제대로 배우지 못했기 때문입니다.

봄이 와서 온갖 아름다운 꽃이 피어도, 여름이 와서 온갖 초목이 신록으로 우거져도, 가을이 와서 온 세상이 붉게 물들고 온갖 열매가 익어도, 겨울이 와서 마법 같은 함박눈이 펄펄 내려도, 사람들은 그때마다 외롭다며 눈물짓습니다. 그래서 사람들은 외로움을 달래기 위해서 노을을 등진 채 술을 마시고, 함께 시간을 보낼 친구와 연인을 찾아 헤매고, 밤새워 부치지 못할 편지를 씁니다.

하지만 다행스럽게도, 우리 선조들은 현대인들이 겪고 있는 이러한 외로움을 극복할 수 있는 방편을 알고 있었습니다. 그것은 정원이 있는 집에서 사는 것입니다.

"나비를 보고 싶으면 꽃을 심고, 새 소리가 듣고 싶거든 나무를 심을 것이며, 사람이 그리우면 정원을 가꿔라."

옛사람들의 풍류가 이러했습니다. 나를 알아주고 이해해 줄 사람을 찾아 여기저기 헤매는 대신, 집에 아름다운 정원을 가꾸어 사람들이 스스로 찾아오게 하는 것입니다.

하지만 이것을 이루기 위해서는 많은 고민과 대단한 용기가 필요합니다. 이 지점에서 인생의 전환점이 마련될 수도 있습니다. 정원을 가꾸기 위해서는 마당이 있어야 합니다. 그러려면 도시가 아닌 시골로 살림 공간을 옮겨야 하겠지요. 전원으로 이사와 가정을 꾸리는 것입니다. 뭔가 새로운 도전을 위해서 지금까지의 생활 방식과 다른 획기적인 변화를 줄 필요가 있다고 생각하면, 나처럼 도시 생활을 접고 귀거래사를 부르며 전원으로 돌아오는 과감한 선택을

할 수도 있으리라 봅니다.

오늘 나는 영암읍 나무 시장에서 소나무 묘목 30그루와 이팝나무 3그루 그리고 홍매 3그루를 사다가 마당 주변에 심었습니다, 20년 후에 울창한 숲에 쌓인 집 풍경을 상상하면서. 나는 시인이 아니니 지는 꽃보다는 피어 있는 꽃을 감상하는 것이 더 즐겁습니다. 그래서 빈 땅만 보이면 그 자리에다 화초를 심고 나무를 심습니다. 그리고 10년 후, 20년 후의 정원 풍경을 머릿속에 떠올립니다.

언젠가 해남의 김남주 시인은 '사랑만이 천년을 두고 언덕 위에 한 그루 느티나무를 심을 줄 안다'라고 읊었습니다. 오늘 수십 그루의 나무를 심었으니, 나 또한 사랑을 아는 사람이라고 감히 말해도 될는지 모르겠습니다. 올해 봄은 유난히 따뜻할 것 같습니다. 그리고 온갖 아름다운 꽃들이 만개한 봄 동산에 맑은 새소리도 가득할 것 같습니다.

모내기의 추억

　너른 들녘의 6월은 그야말로 보리 베기와 모내기로 눈코 뜰 새 없이 바쁜 달입니다. '부지깽이도 들에 나와서 일손을 거든다'는 말이 실감이 나는 시기입니다. 지금이야 기계로 심지만, 과거에는 모두 손으로 심었습니다. 너른 들녘은 온통 모내기하는 사람들로 가득 찼으며, 일꾼들이 부르는 노랫소리가 논두렁을 따라 이웃한 논으로 마실 가곤 했습니다. 모내기는 그야말로 일 년 농사를 결정짓는 가장 중요한 행사입니다. 모내기 날짜가 잡히면 어머니들은 오일장에 가서 일꾼들의 새참 재료를 미리 준비했습니다. 모 심는 날이 평일일 경우, 학교에 다니는 자녀들은 조퇴를 하거나 아예 결석계를 제출해야 했습니다. 막걸리 주전자라도 들어 나를 일손이 절실하게 필요했기 때문입니다.

　월출산에 여명이 희미하게 비치는 새벽 무렵, 일꾼들은 못자리에서 상봉합니다. 동네 아주머니들은 지푸라기를 한 다발 넣은 함지박을 하나씩 가지고 와서, 그 위에 앉은 채 못자리에서 모를 찝니다. 남자들은 보통 지게를 지고 와서 아주머니들이 쪄 놓은 모를 바작에 담아 논 밖으로 이동시킵니다. 그리고 다시 리어카나 경운기에 실어 모내기할 논으로 가져가서 모 타래를 고르게 흩뿌려 놓습니다. 월출산 천황봉 위로 해가 떠오르기 전까지 모 찌는 작업을 끝마쳐야 하루 일이 순조롭습니다. 심을 모를 다 찌면 그때서야 서로 옹기종기 둘러앉아 아침을 먹습니다.

논 주인은 정성껏 준비한 밥을 리어카로 실어 나릅니다. 논두렁에 모여 앉아 아침밥을 손에 든 농부들은 먼저 땅에 밥 한 숟가락을 바칩니다.

"고시래~!"

내가 걸음마를 뗀 후 들녘에서 쟁기질하시던 아버지께 새참을 가져다드리면서 보았던 처음 풍경이 바로 '고시래'였습니다. 아버지는 논두렁에 앉아 막걸리를 조금 잔에 따른 후 논바닥에 부었습니다. 그리고 술안주도 조금 대지에 헌납하셨습니다. 그러면서 동시에 '고시래'를 큰소리로 외쳤습니다. 인간과 자연의 합일. 이보다 더 위대한 광경이 있을까요? 고요한 아침 들녘은 이 땅의 진정한 주인인 농민들이 외치는 그 모심의 소리를 들으면서 비로소 깊은 잠에서 깨어나 단정히 좌정합니다.

삶은 닭, 새로 무친 김치, 하얀 쌀밥, 맛을 넣어 끓인 미역국, 오징어채무침, 미나리와 당근을 섞어 얼큰하게 버무린 간재미회, 등 푸른 고등어 조림 등 평소에 집에서는 구경도 못 할 진수성찬이 논두렁 위에 펼쳐집니다. 일꾼들은 들밥을 함께 나누어 먹으며 서로를 격려합니다. 들길을 지나가는 사람이라면 누구든 불러서 한 숟갈 함께 뜨기를 권합니다. 요즘 사람들의 입에서 새삼 오르내리고 있는 '나눔과 섬김'이란 바로 이런 모습을 두고 하는 말일 것입니다.

원래 손모를 심을 때는 두 종류의 못줄이 필요합니다. 씨줄과 날줄로 이해하면 되겠는데, 이랑과 이랑의 간격을 표시하는 못줄과 모를 꽂아야 할 자리를 표시하는 못줄이 있습니다. 먼저 이랑을 표시하는 못줄을 세로로 띄운 뒤에, 두 사람이 가로줄을 들고 양쪽에서 못줄을 띄워 나갑니다. '못줄잡이'는 모내기를 하는 데 있어서 매우 중요한 역할을 합니다. 일의 속도를 조절하는 역할을 할 뿐만 아니라, 수시로 추임새를 넣어 주면서 흥을 돋우어야 합니다. 노래를 직접 부르기도 하고, 일꾼들의 노래를 끌어내기도 합니다.

모내기는 다른 농사일과는 달리 뒷걸음질을 치며 하는 노동입니다. 일이 되어 가는 상황을 보기 위해 뒤를 자꾸 돌아봐서는 안 됩니다. 속담에 '눈처럼 게으른 것이 없고 손처럼 부지런한 것이 없다'는 말이 있는데, 바로 이 모내기가 그러합니다. 모내기의 성패는 얼마나 일꾼들에게 뒤돌아볼 틈을 주지 않고 일에 집중하게 만드느냐에 달려 있습니다. 보통 10명이 한 조가 되어 일을 하는데, 모내기할 때는 서로 리듬과 박자를 잘 맞추어야 합니다. 왼쪽에서 오른쪽으로, 다시 오른쪽에서 왼쪽으로 움직이는 동작을 반복합니다. 즉, 이웃한 사람들끼리 한 번은 헤어졌다, 한 번은 만났다 하면서 일을 하는 것입니다. 제일 손이 빠른 일꾼을 가운데에 배치합니다. 만일 이웃한 사람의 손이 느려 모를 몇 포기 못 심는다면, 손이 빠른 일꾼이 그만큼 더 모를 심어 줘야 합니다. 가운데 들어간 일꾼은 모를 꽂는 소리만 들릴 정도의 빠른 속도로, 허리를 펼 여유도 없이 모를 심어야 합니다.

못줄잡이는 이런 상황을 잘 파악하면서 못줄을 띄워야 합니다. 일꾼들이 모두 다 심을 때까지 기다리다 못줄을 넘기면 일이 더디어서 능률이 오르지 않습니다. 그래서 상황을 잘 지켜보고 있다가 80% 정도 일이 진행되었을 때, "자아~!" 큰 소리로 못줄을 다음 이랑으로 넘기겠다는 신호를 보냅니다. 못줄잡이의 재촉 신호음을 듣게 되면 일꾼들의 마음이 급해지면서 손이 더욱 빨라지게 됩니다. 손이 느린 사람은 못줄에 코가 걸리기도 합니다.

모 담당 일꾼의 역할 또한 중요합니다. 모를 배급해 주는 역할을 하는 것인데, 일의 전체 상황을 봐 가면서 모가 모자란 곳으로 제때 모를 가져다줘야 합니다. 장난이 심한 일꾼들은 일부러 모 타래를 세게 던져서 일꾼들의 등에 맞추기도 하고, 바로 앞에 떨어뜨려 물장구를 치기도 합니다. 초등학교에 다니는 학생 정도의 아이들은 못자리용 큰 비닐에 모 타래를 가득 싣고 배처럼 끌고 다니면서 어른들에게 모를 배급했습니다.

일꾼들에게 흥을 돋우는 방법 중 한 가지는 노래 외에도, 막걸리 새참을 눈에 잘 띄도록 논두렁 위에 올려놓는 것입니다. 그 새참이 있는 곳까지 모내기를 하면 쉴 수 있기 때문에, 일꾼들은 젖 먹던 힘까지 내서 열심히 모를 심었습니다. 때로는 일꾼들이 눈치채지 못하게 막걸리 주전자를 살짝 뒤로 이동시켜 놓기도 합니다. 일의 진척 속도에 따라서 이런 기술적인 변화는 얼마든지 가능합니다. 이렇게 정신없이 일을 하다 보면, 바다처럼 넓게 보이던 논배미가 어느덧 어린 모로 가득 찹니다. 마지막 못줄을 띄고 거머리 뜯긴 종아리를 논에서 건져 올리면, 마침내 모내기 일과가 끝이 납니다. 거의 은적산 봉우리 위로 엷은 주홍빛 노을이 지는 것과 동시에 일을 마칩니다. 하루 노동을 끝낸 후, 졸졸 흐르는 또랑물에 발을 담그고 미끈거리는 논흙을 씻어 낼 때의 그 기분이란! 뿌듯함으로 가슴이 벅차오르고 머리가 맑아집니다.

예전 같으면 지금은 보리 탈곡과 이모작 모내기가 한창일 시기입니다. 들녘 사방에서 모내기꾼들의 흥겨운 노랫소리가 들려오고, 논두렁 여기저기마다 들밥을 먹으며 정담을 나누는 농부들의 모습이 유월의 정취를 더해 주었습니다. 어른들에게 막걸리 새참을 나르며 들길에서 마주치던 소년 소녀들의 수줍은 눈빛은 또 어떠했습니까? 모내기가 빨리 끝난 모둠이 집으로 돌아가던 중, 아직 일이 더디어 힘겨워하는 이웃들을 보면 차마 그냥 지나가지 못했습니다. 깨끗이 씻은 발에 아랑곳하지 않고 다시 이웃집 논에 첨벙 들어가 손을 붙였습니다. 이것이 바로 감나무 가지 끝에 까치밥 하나 남겨 둘 줄 알았던 우리 민족의 따뜻한 마음이 아니었습니까? 이것이 바로 요즘 일부 젊은이들이 꿈꾸는 생태 공동체 마을이 지닌 나눔의 정신이 아니겠습니까?

이제 그 곱고 부지런하던 동네 아주머니 아저씨들은 백발이 성성한 칠팔십 대 노인이 되어 버렸습니다. 못줄을 잡고 튕기면서 함께 농민가를 부르며 막걸리 한 사발 나누어 마시던 농부들이 서 있던 그 자리를 우락부락하게 생긴 트랙터와 이앙기가 대신하고 있습니다. 저렇게 너른 십 리 평야에 사람 그림자 하나 보기 힘듭니다.

흙을 떠나, 인정 많던 고향을 떠나, 대도시에서 사는 사람들의 삶은 지금 어떤지 궁금합니다.

노랗게 익어 가는 살구나무 가지 사이로 멀리서 꿩 우는 소리가 들려오고, 잔물결 이는 논물 속으로 말갛게 노을이 집니다. 고향 마을의 봄도, 마을 사람들의 청춘도, 아득한 내 유년의 유월 하루도 노을과 함께 물속에 잠깁니다.

아지랑이 없는 들녘

봄비가 흠뻑 내려온 대지가 싱그러움으로 가득 차 있습니다. 바닥까지 드러나 있던 실개천에도 모처럼 물이 불어나 물풀을 간질이며 찰랑거립니다. 농부들은 이때다 싶게 모두 들녘에 나가 모내기할 준비에 한창입니다. 밭에서는 동네 아짐들이 고추 모종을 심느라 분주합니다. 한바탕 꽃 잔치가 벌어졌던 앞동산, 뒷동산에는 꽃이 진 그 자리에, 어쩌면 꽃보다 더 예쁘고 싱그러운 연둣빛 새싹이 피어나고 있습니다. 연초록 수채화 물감을 풀어 놓은 듯 남도의 산과 들은 하루가 다르게 신록이 우거지고 있습니다. 나는 신록이 짙어 가는 이 풍경을 가을의 울긋불긋한 단풍과 비교하여 '봄 단풍'이라고 부릅니다. 나무의 종류에 따라서, 새싹이 돋는 순서에 따라서, 응달과 양달에 따라서, 이 '봄 단풍'의 색도(色度)는 각양각색으로 달라집니다.

점점 짙은 초록색으로 번지는 신록 위에 맑은 햇살이 내리쬐는 풍경을 바라보면서 마냥 집 안에만 있을 수 없겠지요. 그냥 가벼운 옷을 차려입고 은적산 숲속에 나 있는 호젓한 산책길로 들어갑니다. 온갖 종류의 나뭇잎들이 눈부신 신록을 자랑하며 솔바람에 하늘거리고 있습니다. 한참 동안 오솔길을 걷다 보니 어느덧 내 몸과 마음도 숲에 동화됩니다. 몸속에서 나뭇잎이 싹트는 것 같습니다. 나는 나무가 되고, 숲이 되고, 마침내 산이 됩니다. 그냥 이렇게 나무가 되어 그늘을 드리우며 숲속에 머물고 싶은 충동이 입니다.

하지만 다시 일상으로 돌아가야 한다는 것을 잘 알고 있습니다. 인간은 누구든지 걸어갔던 길을 다시 걸어와야만 합니다. 예외는 없습니다. 누구나 답답한 일상의 탈출을 꿈꾸지만, 일상을 떠난 사람들은 결국 일상을 떠나 살지 못한다는 슬픈 사실만 확인하고 돌아올 뿐입니다. 그렇군요. 나 역시 아빠를 기다리는 어린 두 아들에게 돌아가야 합니다. 연로하신 어머니와 사랑스러운 아내도 있군요. 현실의 부름에 각성한 나는 물소리 바람 소리를 뒤로 하고 다시 산책길을 돌아 나왔습니다.

그런데 숲 안과 숲 밖은 완전히 다른 모습입니다. 숲속에서 고요하게 들려오던 물소리와 바람 소리는 어디론가 가 버리고, 들녘에선 논을 갈아엎는 트랙터 소리와 경운기 소리가 울려 퍼지고 있습니다. 예전에는 쟁기질과 써레질하는 소와 농부들의 모습이 들에 가득했었는데, 요즘에는 사람의 모습은 별로 없고 굉음을 내며 질주하는 농기계들의 우락부락한 모습만이 드물게 눈에 들어옵니다. 바쁘면서도 쓸쓸한 농촌 풍경을 바라보다가 은적산 산허리를 돌아 자주 가던 한 마을에 들렀습니다.

'광산마을'이라고 하는데, 제법 규모가 있는 마을입니다. 마을 입구에 커다란 소나무 동산이 있고, 그 숲속에 '광신정'이라는 이름을 가진 멋진 정자(亭子)가 있습니다. 마을 주변이 온통 매화밭이어서 3월 중순 무렵 이 정자에 앉아 있으면 매화 향기가 코를 찌릅니다. 그런데 마을 뒤편 은적산 중턱을 통과하는 터널을 뚫는 공사로 인하여 마을 풍경이 많이 훼손당했습니다. 마을을 안온하게 감싸 주던 산허리가 보기 흉하게 잘려 나갔고, 향기로운 송화 가루를 날려 주던 소나무 숲이 한순간에 사라졌습니다. 발파 작업에 따른 굉음과 진동으로 가옥이 금 가고, 가축이 병들었습니다. 산과 조화를 이루며 살아온 순박한 마을 주민들은 문명이라는 거대한 흐름 앞에 평온한 일상이 무너지는 참혹한 현실을 겪어야 했습니다. 대책위원회를 만들어 항의했지만, 공사를 중단시킬 수는 없었습니다.

광산마을에서 300m 정도 떨어진 산기슭에 빈집이 몇 채 버려져 있습니다. 조그만 호수를 끼고 대나무 숲이 무성한 양지바른 터에 자리한 소박한 집입니다. 작년 이맘때도 한 번 들러 본 적이 있습니다. 그때 이 은적산 아래 버려져 있는 빈집을 보고 마음이 아려 왔습니다. 다 쓰러져 가는 흙벽에 그 집 아이가 그렸을 그림이 한 점 걸려 있었습니다. 크레용으로 그린 그림 속에는 큰 나무와 집 그리고 환하게 웃고 있는 엄마, 아빠와 아이가 있었습니다. 이 아이는 어디로 이사 갔을까요? 이렇게 풍광이 좋고 아름다운 마을을 떠나 어느 도시로 갔을까요? 이제 농촌은 이렇게 젊은이들이 모두 떠나고 빈집만 남게 되는 것일까요? 허전하고 쓸쓸한 마음에 한참 동안 그 빈집 마당을 서성거렸습니다.

빈집, 잡초가 무성한 뒷마당, 버려진 대지, 자운영꽃만 흐드러지게 피어 있는 논둑, 그 논둑 아래 버려진 녹슨 농기구들. 문득 칠십 평생 농사만 짓다가 돌아가신 아버지가 생각났습니다. 오직 누렁소와 쟁기질밖에 몰랐던 아버지, '흙을 떠나면 모든 것이 끝나는 것이다'라고 밥상머리에서 평생 자식들에게 가르쳤던 아버지, 봄 아지랑이 피어오르면 여지없이 대지를 갈아엎고 그 속에 희망의 씨앗을 뿌렸습니다. 온 동네의 아버지들이 소를 끌고 나와 쟁기질을 했습니다. 아리따운 소녀들은 아버지께 드릴 새참을 들고 민들레와 자운영꽃이 가득한 논둑길을 아슬아슬하게 걸어 다녔습니다. 이제는 다시 볼 수 없군요, 그 그림 같은 풍경을. 아버지들은 모두 돌아가시고 이제는 들녘에서 아지랑이조차 피어오르지 않는군요. 여기 그립고 서러운 마음으로 아버지를 추억합니다.

아지랑이 없는 들녘

김창오

푸석해진 지붕 위로 풍년초가 솟아나면
우구구 우구구 참새떼 봄바람 타고 춤추는 들녘
쟁기질하시던 아버지께 막걸리 새참 나르던
그 예쁜 가시나의 모습을 볼 수가 없다

흰 수건 이마에 질끈 동여매고
이랴차차 자랴차차 외치던 농부도 없이
들을 갈아엎고 아지랑이 씨앗을 뿌리던
창끝처럼 번쩍이던 보습도 녹슨 채 버려져

독새풀만 무성한 아버지의 들녘

자운영꽃 흐드러진 비탈진 논둑 아래
농부의 갈라진 손바닥처럼
오월의 논바닥은 쫘악쫘악 금이 가고
쟁기 끌던 누렁소는 신작로 가에 앉아
이삿짐 싣고 떠나가는 이웃집 식구들을
우두커니 바라보고 있다

여전히 시냇물은 봄비에 흠뻑 젖어 흐르고
산들바람은 포플러 나뭇잎 사이에서
수런수런 옛이야기 속삭이지만
이웃집 뒷마당엔
주인 없는 개살구만 여물어 가고
아버지의 봄들은 더 이상 아지랑이를 피우지
않는다

아버지를 그리며

아버지를 그리며 올 한 해 윤달이 낀 연유로 산기슭 곳곳에 이장하는 모습이 많이 보입니다. 우리 집안도 예외가 아니었습니다. 집안의 규모가 방대하여 수많은 친척들의 의견을 조율하는 데 3년이 걸렸습니다. 화장(火葬)에 대해 부정적이던 나이 많은 어른들을 설득하는 것이 가장 큰 과제였습니다.

우리 조부님은 5형제 중 막내셨습니다. 슬하에 돌아가신 아버지와 두 분의 작은아버지, 6·25 전쟁 때 전사하신 얼굴도 모르는 막내 삼촌 그리고 고모 한 분을 두셨습니다. 나를 포함한 사촌 형제가 13명인데, 거기에서 다시 조카들이 태어났으니 우리 집안만 해도 수가 꽤 많습니다. 조부님 형제들의 자손들까지 합해보니 납골묘에 안치될 유골함 수가 150기가 넘는 엄청난 규모였습니다. 이곳 영암에서는 유례가 없는 규모의 납골묘인 셈입니다.

제일 애가 타는 쪽은 맨 먼저 납골묘에 대한 합의를 끝낸 우리 막내 할아버지 집안이었습니다. 우리는 할아버지와 아버지가 안장되어 있는 묘지에 분명 물이 들어 있을 거라고 확신하고 있던 터였기에, 가능한 한 빨리 유골을 수습하여 이장을 하고 싶었습니다. 그러나 규모가 커지는 바람에 합의 기간이 2년 넘게 늘어져 버린 것이었습니다. 2년이 지나도 결론이 나오지 않자, 우리는 단독으로 일을 추진하겠다는 최후의 통첩을 보냈고, 작년 추석 때 마침내 합의안이 나왔습니다. 화장에 대해서 부정적이던 나이 많은 형님들이 마침내 고집을 꺾었습니다. 일단 결론이 나오자, 남은 일은 일사천리로 진행되었습니다. 단기간에 돈을 모으고, 그 돈으로 땅을 사고 업체와 계약을 체결했습니다.

150기가 넘는 유골함이 안치될 묘지 터는 5평에 불과했습니다. 이장과 유골 수습은 윤달에 하기로 합의를 보았습니다. 나는 두렵고 설레는 마음을 억누르며 할아버지와 아버지가 나란히 묻혀 있는 무덤가에 섰습니다. 포클레인으로 봉분을 파내자 예상대로 두 분은 물속에 누워 계셨습니다. 형님들의 도움을 받아 직접 내 손으로 두 분의 뼈를 수습하여 유골함에 담았습니다. 조상이라 그런지 전혀 무섭다거나 이상한 기분은 들지 않았습니다. 할아버지는 내가 태어나기 전에 돌아가셨으니 별다른 감정이 일어나지는 않았습니다.

그러나 아버지의 유골을 보는 순간, 많은 생각이 교차했습니다. 아버지는 1988년 서울올림픽이 끝난 후에 돌아가셨는데, 그때 내 나이 24세였습니다. 평생 농부로 사시다가 흙으로 돌아가셨습니다. 그때 눈물을 흘리면서 삽으로 흙을 떠 아버지를 땅속에 묻었는데, 이제 다시 그 아버지의 유골을 꺼내고 있는 나 자신의 모습을 보면서 새삼 세월의 무상함을 느꼈습니다.

'이것이 평생을 소와 더불어 쟁기질하시다가 돌아가신, 그 건장하

셨던 아버지의 모습이란 말인가?'

생전의 아버지는 말수가 적고 부지런한 전형적인 조선의 농부였습니다. 16살 때부터 쟁기질을 시작하여 돌아가시기 5년 전인 72세까지 쟁기를 손에서 놓지 않았던 분이었습니다. 아버지는 우리 마을에서 제일가는 '쟁기질 명인'이었습니다. 아버지는 자식들보다 소를 더 아낀 분이었습니다(적어도 외형적으로는). 논밭에서 일을 끝내고 집에 오시면 저녁을 드신 다음 꼭 『삼국지』를 낭독하셨습니다. 아버지가 『삼국지』를 읽는 자세는 독특했습니다. 목침을 베고 반듯하게 누운 채 크게 소리를 내어 읽는데, 강약과 높낮이를 주었습니다. 곁에서 들으면 무슨 시조를 읊으시는 것 같기도 하고, 때로 격앙된 목소리로 읽을 때는 웅변을 하시는 것 같기도 했습니다. 그러다가 책 읽는 소리가 안 들려서 돌아보면, 책은 방바닥에 떨어져 있고 아버지는 깊은 잠 속에 빠져 있었습니다. 하루 동안의 노동 피로가 엄습해 온 까닭이었을 테지요.

마침 지금이 선거 기간 중인데, 이 국회의원 선거와 아버지가 관련된 재미있는 일화가 있습니다. 1988년 4월에 국회의원 총선거가 있었습니다. 당시 자금이 풍부했던 여당은 다수 의석을 얻기 위하여 물불을 가리지 않고 있었습니다. 시골 마을 구석구석까지 총책을 두고 엄청난 양의 검은돈을 뿌렸습니다. 우리 집도 예외가 아니었습니다. 그때는 아버지가 건강이 좋지 않아 병석에 누워 계셨습니다. 그런데 그 선거 운동원들이 5만 원을 넣은 하얀 봉투를 들고 아버지를 찾아왔습니다. "어르신, 빨리 나으십시오."라고 인사말을 하면서 그 돈 봉투를 누워 계신 아버지 손에 들려 주었습니다. 그

순간, 아버지가 벌떡 일어나 봉투 속에 든 돈을 꺼내어 마당으로 뿌리면서 이렇게 호통을 치셨습니다.

"이 도둑놈들아! 감히 여기가 어디라고 이런 더러운 돈을 가져왔느냐? 내가 이런 돈을 받을 것 같으냐? 썩 꺼지거라, 이 못된 놈들아!"

깜짝 놀란 선거 운동원들은 마당에 떨어진 흙 묻은 돈 5만 원을 주워 들고 뒤도 돌아보지 않고 도망쳤습니다. 나중에 이 일은 영암 고을에 널리 퍼졌습니다. 사람들은 입을 모아 아버지의 높은 기개를 칭송했습니다. 지금도 아버지를 아는 분들은 그때의 일을 이야기합니다. 아버지는 그런 분이셨습니다.

평소에 아버지가 밥상머리 교육에서 자식들에게 당부했던 내용은 딱 두 가지였습니다. 첫째는 남의 것은 지푸라기 하나라도 건드리지 말라는 것이었고, 둘째는 사내자식은 만 15세가 넘으면 출가하여 스스로 벌어먹고 살아야 한다는 것이었습니다. 이런 가치관을 가지고 계신 아버지가 노동의 대가로 주어지지 않은 선거철 돈 봉투를 받을 수 있었겠습니까?

그해 올림픽이 끝나고 추수도 다 끝난 늦가을 어느 날, 아버지는 조용히 눈을 감으셨습니다. 아버지의 마지막 모습을 기억합니다. 깊은 잠에서 깨어나신 후 임종을 지키기 위해 모여 있는 자식들을 한 번 둘러보신 후, 어머니의 손을 잡고 한 번 꼭 쥔 후 이내 눈을 감으셨습니다. 아마도 어머니가 걱정되셨나 봅니다. 곁에서 눈물을 흘리는 자식들에게는 한마디 말씀도 남기지 않으셨습니다. 부모는 죽음으로 자식들에게 마지막 교훈을 남깁니다. 이승에서의 마지막 작별 인사로 천 마디 말보다 더 의미 있는 가르침을 남깁니다.

"여기 있을 때 잘해라. 없을 때 후회하지 말고."

나는 한없이 눈물을 흘렸습니다. 그러나 운다고 돌아가신 아버지가 다시 살아날 리 없었습니다. 결국 우리 자식들은 울면서 아버지를 땅속에 묻었습니다. 아버지가 돌아가시면 세상이 다 끝날 줄 알았는데, 그것이 아니었습니다. 장례식에 참가했던 친척들과 이웃들은 아무 일도 없었다는 듯이 자신들의 일상으로 돌아갔습니다. 해와 달은 정해진 궤도를 따라 운행을 계속했고, 밤하늘에 별들 또한 예전처럼 무심히 또릿또릿하게 반짝거리고 있었습니다. 아버지는 어디에 계실까요? 사람이 죽으면 별이 된다고 하던데 정말 그럴까요? 저 반짝이는 별들 속에 아버지도 계실까요? 그래서 자식들이 살아가는 모습을 지켜보고 계실까요? 아버지의 영혼은 육신에서 벗어나 저 천상의 세계로 훨훨 자유롭게 날아간 것일까요?

17년 만에 아버지의 유골을 수습하면서 혼자서 골똘히 생각해 보았습니다.

'아버지는 지금 어디에 계실까? 아버지는 내가 당신의 남은 유골을 태워 가루로 부수고 있는 것을 알고 계실까?'

아직은 잘 모르겠습니다. 설사 아버지가 밤하늘의 별이 되어 나와 내 아들들이 살아가는 모습을 보고 계신다고 해도 실감이 나지 않습니다.

아버지의 유골을 수습하여 단지에 조심스럽게 담아, 납골묘 봉분 가장자리에 표시되어 있는 아버지 자리에 안치했습니다. 그리고 공기가 들어가지 않도록 실리콘으로 마무리했습니다. 나는 눈물이 치밀어 오르는 것을 참으면서 아버지께 다시 한번 작별 인사를 드렸습니다.

'안녕히 계십시오. 당신의 가르침처럼 부끄럽지 않은 삶을 살도록 노력하겠습니다. 당신이 그러했듯 흙에서 살다가 흙으로 돌아가겠습니다.'

아버지를 다시 한번 가슴속에 묻으며 어머니가 계신 집으로 발길을 돌렸습니다.

여보게, 벗, 차나 머금세

　오늘은 야생 작설차(雀舌茶)를 만들기로 한 날입니다. 곡우(穀雨) 무렵에 채취해서 만든 차를 곡우차라고 하는데, 최고의 상품으로 쳐 줍니다. 곡우 전에 만들면 우전차라고 합니다. 그런데 이 우전차는 아주 작은 찻잎을 하나씩 하나씩 정성껏 손으로 채취하여 만드는 까닭에 가격이 만만치가 않습니다. 차나무는 따뜻한 남도 지방에서만 자라므로 중부 지역부터는 차나무를 볼 수가 없습니다. 해마다 이 시기에 찻잎을 채취하여 차를 마실 수 있는 지역에서 산다는 것만으로도 하늘에 감사할 일입니다. 찻잎을 딸 때는 아침 이슬이 아직 가시지 않은 이른 새벽부터 오전까지가 좋은 시기입니다. 대지의 싱그러운 기운을 오롯이 간직하고 있는 시간을 택하는 것이겠지요.

　아내와 나는 어린 두 아들이 잠들어 있는 틈을 타서 새벽같이 일어나 야생차밭이 있는 월출산으로 달려갔습니다. 모처럼 비가 온 뒤라 그런지, 개울물 소리가 우렁차게 산골짜기를 울리고 있었습니다. 맑은 새소리와 시냇물 소리를 들으며 주지봉 기슭에 나 있는 오솔길을 한참 올라가다 보면, 뜻밖의 풍경을 만나게 됩니다. 이 깊은 숲속 작은 폭포 가장자리에 고풍스러운 정자(亭子)가 한 채 소담스럽게 서 있습니다. '학의정'이라는 현판이 걸려 있는 네 평 남짓한 정자입니다. 외부에서는 전혀 보이지 않고 오직 이 오솔길을 산책하는 사람들만 만날 수 있는 '은둔 거사'와 같이 숲속에 숨어 있습니다.

계단을 올라가 정자 마루에 서서 사방을 둘러보니, 주변 풍광이 빼어나게 아름다웠습니다. 난간 아래로는 3단계로 떨어지는 맑은 폭포에서 무지갯빛 물보라가 피어오르고, 고개를 들어 멀리 서쪽을 바라보니 힘 있게 뻗은 소나무 가지 사이로 은적산이 슬쩍 드러나 보입니다. 은적산 아래 펼쳐진 넓은 평야 가운데로 서호강 줄기가 긴 띠를 이루며 영산강으로 흘러 들어가는 모습이 인상적입니다. 여기에 돗자리를 깔고 앉아 차를 한잔 우려 마시면 어떨까 하는 생각이 절로 들었습니다. 아내와 나는 누마루 난간에 앉아 쉬면서 평소에 즐겨 암송하던 수안 스님의 시「차나 머금세」한 편을 소리 내어 읊었습니다. 짧지만 울림이 있는 다시(茶詩)입니다.

여보게 벗 차가 있네. 차 머금으면 몸과 마음이 맑아지고 세상 모든 일 즐겁게만 보인다네. 담담한 맛이 차의 묘미라네. 산 그늘 내리는 옛 동산 그리며, 여보게 벗 차나 머금세.

잠시 땀을 식힌 후, 다시 산길을 재촉했습니다. 나무 아래에는 취, 고사리 등 봄나물이 듬성듬성 올라와 있었고, 울퉁불퉁한 바위 아래에는 보랏빛 제비꽃들이 무리를 지어 고개를 숙이고 있습니다. 울창한 솔숲 사잇길로 한참을 걸어 올라가 이윽고 목적지에 도착했습니다. 이 산 중턱에 야생 차나무가 많이 자라고 있는데, 연둣빛 새순이 눈부시게 돋아나 있었습니다. 어린 차 순이 돋아 있는 모양을 일컬어 '일창이기'라고 합니다. 뾰족한 창끝에 깃발이 2개 매달려 있는 형상이기 때문입니다. 이 '일창이기'의 찻잎을 채취하여 제다(製茶) 해야 감칠맛 나는 품질의 차를 맛볼 수 있습니다. 우리 차를 좋아하는 차인들에게 이때 찻잎을 채취해서 만든 작설차는 황금 못지않은 소중한 값어치가 있습니다. 차밭에서 재배한 차와는 달리 야생으로 자란 차나무에서 딴 찻잎은 그 맛과 향이 유별납니다. 한마디로 향이 맑고 깨끗하며, 속되지 않습니다. 여기에 돌 틈에서 흘러나오는 맑은 석간수를 떠다가 차를 달이면 진정한 차의 맛을 음미할 수가 있습니다. 좀 과장되게 말한다면, 다신(茶神)을 느낄 수 있습니다.

함께 간 벗들과 2시간 남짓 부지런히 손을 놀렸습니다. 채취한 찻잎을 모두 모아 보니 한차례 덖어서 마실 만한 양은 충분해 보였습니다. 이 생잎을 뜨거운 솥에 넣어 볶고, 비비고, 건조하면 찻잎의 양이 5분의 1로 줄어듭니다. 채취한 찻잎을 집으로 가져와 제다 준비를 했습니다. 깨끗한 물로 목욕을 하고 마음을 가다듬은 다음 차를 만듭니다. '차의 성품은 선하고 속되지 않은 것이다'라고 선조들은 말해 왔습니다. 좋은 차를 만나기 위해서는 마땅히 심신을 잘 추스른 후에서야 비로소 제다의 단계로 넘어갈 수 있습니다. 이것은 무슨 거창한 의식이 아니라, 차를 만드는 사람이라면 누구나 그렇게 하는 일상입니다.

비발효차인 녹차를 만들기 위한 첫 단계는 뜨겁게 달궈진 솥에서 찻잎을 푹 익혀 숨을 고르는 살청(殺靑)의 과정입니다. 효소 활동을 멈추게 하여 산화가 거의 일어나지 않도록 하기 위함입니다. 이후 골고루 익힌 찻잎을 꺼내 두 손으로 힘을 주어 정성껏 비비는 유념(揉捻)을 합니다. 이것은 찻잎의 세포를 파괴해 차가 잘 우러나게 하고 맛과 향의 균형을 잡아 주는 작업입니다. 찻잎이 부서지지 않도록 주의하며 이 과정을 몇 차례 반복하는 것은 인내와 정성이 담긴 수행의 시간입니다. 유념을 거치면 찻잎이 둥글게 말리면서 건조되는데, 마지막으로 약한 불에 달군 솥 안에 넣고 한참 동안 뒤적이면서 마무리를 합니다. 그윽한 차향이 코끝에 와 닿습니다. 참새 혀처럼 생긴 작설차가 마침내 완성됩니다. 차 애호가들은 '무등산 차가 좋다', '지리산 차가 좋다', 저마다 한마디씩 하지만, 정성껏 만든 월출산 작설차만 할까요!

학의정 아래 자리한 약수터 '성천'에서 길어 온 맑은 물을 탕관에 넣고 충분히 끓입니다. 정성껏 제다한 월출산 작설차를 다관에 넣고 조금 식힌 물을 붓습니다. 다관 뚜껑을 덮고, 차가 우러나오기를 기다리며 잠시 명상에 듭니다.

"잠시 느리게 살아 보는 것도 좋은 일이지. 숲속의 나무 향기를 맡고 물소리와 새소리를 들으면서."

이윽고 다관을 두 손으로 품어 들고 백자 찻잔에 천천히 차를 따릅니다. 찻잔은 연한 비취색으로 물들고 그윽한 차향이 방 안 가득 퍼집니다.

"한 모금 차를 마시고, 숲의 싱그러움을 마시고, 봄날의 아득한 그리움을 마십니다."

다실 창문 밖으로 아름답게 피어 있는 영산홍과 심산 해당화가
산들바람에 하늘거리고 있습니다. 차를 마시며 가만히 바라보고 있
자니 문득 평소에 암송하고 다니는 자하 신위(紫霞 申緯, 1769년~1845
년) 선생의 시「친구를 보내며」한 편이 생각납니다.

자네는 왜 그리 속세를 싫어하여
가족들 다 데리고 은거하려 하는가
술 익고 차 향기로운 꽃 피는 달밤이면
친구여, 옛 이웃인 나를 기억하려나.

벗님들이여, 세상은 소란스럽지도 덧없지도 않더이다, 이렇게 방
안에 앉아 고요히 차를 마시면.

Part II

여름

삼대가 함께하는 조화로운 삶

　대문가 살구나무 열매가 노랗게 물드는 것과 동시에 집 앞 신작로에서 은적산 뒷길로 이어지는 영산로에 마침내 여름이 찾아왔습니다. 영산로 길섶의 배롱나무 가로수들이 초여름의 탱탱한 햇볕을 받아서인지 기세가 한껏 올랐습니다. 나뭇가지들도 기세등등하게 하늘로 솟구쳐 오르고, 나뭇잎들도 진초록으로 색깔을 바꾸었습니다. 농부들이 이미 모내기를 끝낸 들녘 또한 이에 질세라 논물을 벌컥벌컥 들이켜면서 어린 모 포기를 쑥쑥 길러 내고 있습니다. 농로와 들판을 무법자처럼 가로지르던 농기계들이 모처럼 휴식을 취하고 있는 모양입니다. 산도 들도 길도 모두 이렇게 한가로우니, 길을 걷는 나그네 역시 한가롭습니다. 유월 하순의 농촌은 툇마루에서 목침을 베고 낮잠을 자는 농부님처럼 이렇게 잠시 여유를 부립니다.

　이 영산로를 따라 금강리를 거쳐 태백리에 이르면, 은적산 한복판에 들어와 서 있는 느낌이 듭니다. 은적산은 외부에서 보는 것과 달리 골이 꽤 깊고 품이 넓습니다. 골짜기마다 크고 작은 마을을 품고 있습니다. 또 한편으로는 산세가 부드러워서 그런지 산비탈에 묘지가 많습니다. 특히 백운동마을은 풍수지리상 연화도수형(연꽃이 물에

떠 있는 듯한 형상) 명당으로 널리 알려져 주변에 무덤이 많습니다. 산
중턱에 위풍당당하게 한 자리를 차지한 무덤들도 적지 않습니다.
그중에는 유인석과 비석이 좌우로 늘어서 있고, 큼직한 상석을 앞에
두고 있는 꽤 규모가 있는 묘지들도 있습니다. 최근에 어머니를 여
의었기 때문인지, 마을 주변의 무덤을 대하면 감회가 예전과는 다릅
니다. 어른들은 '죽은 효자는 있어도 산 효자는 없다'라고 말합니다.
또 '불효자식이 비석 크게 세운다'라고 합니다. 모친상을 당하고 보
니 과연 그렇습니다. 자꾸 생전에 어머니를 서운하게 해 드린 것만
생각이 납니다. 그러나 후회는 아무리 빨라도 늦습니다.

예부터 세상을 등지고자 하는 사람들은 산을 찾았습니다. 산속으
로 들어가 은둔하면서 속세와는 담을 쌓고 살았습니다. 이제 보니
죽은 사람들 또한 산을 찾습니다. 어찌 보면 돌아 나오지 않는 산길
은 세상과 이별하는 길입니다. 산속 지상에서 은둔하는 사람이나
산속 지하에서 영면하는 사람이나, 그런 측면에서 본다면 둘 다 비
슷한 길을 간 것일 겁니다.

사람이 세상을 떠나면 주변 사람들은 하나같이 그 영혼이 '좋은
곳'에 가기를 기원합니다. 어머니가 돌아가시니 역시 마찬가지입니
다. 종교를 가지고 있든 그렇지 않든, 고인의 명복을 빌며 부활 천
국이나 왕생극락을 기원하는 모습들입니다. 조문객들의 망자에 대
한 경건한 태도와 마음에서 우러나오는 위로의 말에 상주는 큰 힘
을 얻습니다. '기쁨을 나누면 배가 되고 슬픔을 나누면 반이 된다'라
는 격언이 왜 생겨났는지 이해하게 됩니다.

어머니 유해를 모셔 가족묘에 안장한 후, 한동안 허탈함을 이기지 못했습니다. 아직도 어머니의 훈기가 집안 곳곳에 남아 있습니다. 방문을 열면 방바닥에 앉아 계신 것 같고, 뒷문을 열면 툇마루에 앉아 마늘을 까고 계신 것 같습니다. 삼우제만 모시고 탈상을 하기가 너무 서운해, 집에서 49재를 지내기로 맘먹었습니다. 신혼 생활과 함께 12년 동안이나 아픈 시어머니를 봉양해 온 아내는 잠시 힘든 표정을 짓긴 했지만, 곧바로 미소를 띠며 내 의견에 동의했습니다.

집안 대청에 작은 제단을 설치하고 아침저녁으로 매일 상식을 올렸습니다. 두 아들에게는 아침저녁으로 할머니께 문안 인사를 드리고 상에 국밥과 찬을 직접 올리도록 했습니다. 49재를 마치는 날, 어머니가 제일 아끼던 옷을 한 벌 태워 올렸습니다. 그때서야 비로소 어머니와 이승에서의 마지막 작별 인사를 했습니다.

'잘 가세요, 어머니. 더 잘 모시지 못해 죄송합니다. 어머니께서 베풀어 주신 사랑 잊지 않겠습니다.'

옷을 태우면서 '이제 진짜 영원한 이별이구나' 하는 생각이 들어 어찌나 눈물이 나던지요. 가끔 어머니 영정을 들여다보면서 함께 살았던 추억을 떠올려 보곤 합니다. 지금 어머니는 어디에 계실까요? 많은 사람들의 바람처럼 천국에 가 계실까요?

천국은 말 그대로 하늘나라를 뜻합니다. 천국을 꿈꾸는 사람들은 우리가 발 딛고 사는 이 땅을 천국과 대비시켜 생각하는 경향이 있는 것 같습니다. 이 세상은 온갖 부조리와 모순과 죄악으로 가득 차 있는 곳이라 이곳에서는 평화도, 영생도 얻을 수 없습니다. 그러나 천국은 다릅니다. 그곳은 죽은 후에 신의 심판을 받아 합격한 사람들만 갈 수 있는 곳입니다. 그곳은 더 이상 죽음도 없고, 싸움도 없는 평화로운 곳입니다.

지구에서 고개를 들고 하늘을 보면, 수많은 별들이 보입니다. 천문학자들의 말을 들어 보면, 우리가 사는 은하계 안에는 현재의 태양계가 약 1,500억 개 이상이 있고, 전체 우주에는 우리 은하계와 같은 크기의 은하계가 약 1,500억 개 이상이 있다고 합니다. 상상하기조차 힘든 무한대의 크기입니다. 우리는 저 광대한 하늘을 바라보면서 천국(하늘나라)을 꿈꾸곤 합니다.

반대로 달나라에서 바라본 지구의 사진을 보면 둥근 모습으로 하늘에 떠 있습니다. 지구 역시 하늘나라에 속한 행성임을 알 수 있습니다. 즉, 우리가 뭔가를 이루기 위해 아등바등 애쓰는 지구 역시 하늘나라에 속하는 천국 중 하나라는 뜻입니다. 우주를 어디에서 바라보느냐에 따라서 지상과 하늘이 달라질 뿐입니다, 적어도 지리적으로는.

이러한 과학 상식과는 별개로, 나는 삶의 방식으로서의 천국을 이야기하고 싶습니다. 여기에서 종교적인 의미의 천국을 논하고 싶지 않습니다. 특히 사후의 일에 대해서는 더욱 그렇습니다. 나에게는 그럴 만한 식견도, 배짱도 없기 때문입니다. 다만, 이 세상에서 숨 쉬고 사는 동안에 좀 더 행복하고 평화롭게 살 수 있는 방법이 있는지를 모색해 보고 싶을 따름입니다. 그동안 별생각 없이 살아왔는데, 어머니를 여읜 지금에 와서 돌이켜보니 뭔가 손에 잡히는 것이 있습니다. 지금 누군가가 나에게 와서 천국이 무엇이고, 천국이 어디에 있느냐고 묻는다면 이렇게 말해 주고 싶습니다.

"부모님 모시고 아이들과 함께 한집에서 사는 것입니다. 삼대가 모여 뿌리 깊은 나무처럼 오순도순 화목하게 사는 가정, 그곳에 천국의 그림자가 드리웁니다."

할머니, 할아버지로 드러나는 과거의 삶과 부모로 드러나는 현재의 삶 그리고 아이들로 상징되는 미래의 삶이 유기적으로 결합하여 선순환 방식으로 상호 작용 하는 살림 공간이야말로 가장 이상적인 형태의 주거 방식일 겁니다. 할머니, 할아버지가 나무의 뿌리라면 부모는 나무의 줄기고, 아이들은 나무의 꽃입니다. 핵가족에는 뿌리가 없습니다. 뿌리가 없으니 나무의 줄기와 꽃이 무성하게 자라기가 어렵습니다. 뿌리 깊은 나무가 바람에 흔들리지 않는다고 했습니다. 그런데 현대인들은 '천국에서 살 수 있는 기회'를 깜빡 놓치는 경우가 많습니다. 이런저런 사정 때문에 노부모 모시는 것을 어렵게 여기는 경향이 있습니다. 사실 개인에게만 떠맡길 수 없는 일이기도 하고, 각 가정이 처한 그 어떤 상황을 이해 못 하는 바는 아니지만, 부모와 자녀 양 당사자 모두에게 안타까운 일입니다.

아픈 노부모를 모시는 일은 현실적으로 힘겹고 버거운 일입니다. 그러나 늙고 병들었을 때 자식들의 손길이 제일 필요합니다. 『어린 왕자』의 저자 생텍쥐페리는 자식의 도리에 대해서 "부모들이 우리의 어린 시절을 꾸며 주셨으니, 우리도 그들의 말년을 아름답게 꾸며 드려야 한다."라고 말한 적이 있습니다. 그의 말은 합리적이면서 부드럽고, 감성이면서도 품위 있는 주장이라고 생각합니다.

사람들은 흔히 말합니다, 부모 모시고 사는 자식은 복 받을 것이라고. 틀린 말은 아니지만, 시제가 잘못되었습니다. 즉, 미래형이 아닌 현재형으로 말해야 합니다. 부모를 모시고 사는 자식은 이미 복을 받은 것입니다. 부모와 함께 살 수 있는 기회를 가진 것 자체가 하늘이 내린 복입니다. 다시 말하자면, 복 받은 자식이 부모를 모시고 사는 것입니다. 왜냐하면 부모님과 함께 삼대가 모여 가정을 이루어 화목하게 사는 것은 바로 천국에서 사는 것이기 때문입니다. 그 이상 무슨 복이 더 필요하겠습니까?

산다는 것은 한여름 밤의 꿈과 같은 것

　뻐꾸기가 저리 슬피 울어 대는 것을 보니 분명 봄이 가고 여름이 가까워졌나 봅니다. 산들바람에 파도처럼 출렁대던 푸르른 보리밭도 6월 땡볕을 받아 알곡이 똑똑 여물었습니다. 세상은 온통 신록으로 뒤덮였습니다. 산도, 들도, 나무도, 모두 초록 세상입니다.

　이곳 월인당도 예외가 아닙니다. 마당에 심어 놓은 잔디가 봄비를 맞더니 하루가 다르게 그 세력을 넓혀 가고 있습니다. 눈처럼 하얗게 피어 하늘거리던 이팝나무꽃이 지는가 싶더니 뒤뜰 살구나무 아래에서 하얀 찔레꽃이 피고, 울타리 가에서는 장미꽃이 피었습니다. 마당 가운데 터줏대감처럼 자리한 몇 그루의 감나무들도 눈에 잘 띄지 않는 감꽃을 수줍은 듯 가지에 매달아 놓았습니다. 마당에 떨어져 있는 감꽃을 몇 송이 주워서 가만히 들여다보았습니다. 어린 시절의 추억이 아련히 떠오릅니다. 이웃집 아이들과 함께 감꽃을 주워 실에 꿰어 목걸이를 만들곤 했었지요. 지금은 이 감꽃을 주워 목걸이를 만들 줄 아는 아이들을 찾아보기 힘듭니다. 윗집 아랫집 사방을 둘러봐도 주위에 노인들만 살고 있고, 감나무 옆 장독대에는 감꽃이 수북하게 쌓여 있습니다.

감꽃 지던 날

김창오

유월 모진 비바람이
담 넘어 휘몰아쳐 오면
뒤뜰 감나무 밑 장독대는
노란 감꽃으로 뒤덮였다

눈감으면 생각난다,
하나 둘 애틋이 감꽃을 줍던
이웃집 소녀의 작은 손이

실에 꿰어 만든 감꽃 목걸이는
그녀의 하얀 목덜미에서
눈부시게 빛났다

여름 땡볕에 감이 익어갈 때
그녀도 함께 익어갔다
검붉은 홍시는 나와 눈이 마주칠 때
그녀의 두 볼을 닮았다

가을은 언제나 감나무 가지 끝에서 왔다

두어 개 남은 까치밥마저

찬 서리에 무너져 내리던 어느 초겨울 밤,

들판을 가로질러 온 매서운 도회지 바람이

온 마을을 휩쓸고 지나갔다

마을 고샅길은 뒹구는 감나무 낙엽들로 가득하고

소녀들은 하얀 얼굴로 작별 인사를 했다

지금은 세계화의 시대,

유월 세찬 비바람이

함평 할머니 홀로 사는 슬레이트집 지붕을 두

드리면

하릴없이 큰 송곳 철대문만 덜컹거려 응답하고

늙은 감나무 밑 장독대 위엔

비에 젖은 허연 감꽃만 소복이 쌓여 있다

　　6월에 정원을 빛내는 것이 꼭 여러 가지 꽃들만은 아닙니다. 울타리 가에서 얼굴을 붉힌 채 말없이 주인의 손길을 기다리는 빨간 앵두는 어떻습니까? 가지마다 주렁주렁 매달려 있는 탐스러운 앵두를 보면 참기 힘든 유혹에 빠집니다. 볼이 통통 부어오른 앵두를 따 먹을 때, 나는 하나씩 따 먹기보다는 한 움큼씩 따서 먹는 것을 택합니다. 한꺼번에 수십 개의 앵두를 입에 넣고 우물거리지요. 그러면 입 속에 앵두즙이 가득 고이면서 새큼달큼한 맛과 알싸한 향기가 동시에 느껴집니다. 씨앗은 차근차근 발라 뱉어 내고 남은 앵두 껍질은 천천히 씹어 삼킵니다. 그리고 나면 또 눈앞에 잘 익은 앵두가 아른거리고 있습니다. 아, 이런! 좀 아껴 가면서 천천히 오랫동안 따 먹어야 하는데. 그러나 이미 내 손은 앵두를 한 움큼 쥔 채 막 훑어 내리고 있습니다. 허허, 너도 별수 없구나, 빨간 앵두 앞에서는.

그러나 앵두만 가지고 나무란다면 그나마 괜찮습니다. 고개를 돌려 여기저기를 바라보니 앵두보다 더 크고 빨간 열매가 얼굴을 붉히고 있습니다. 아! 보리수 열매로군요. 재작년에 보리수 두 그루를 마당가에 심어 놓았었는데, 올해 드디어 꽃을 피우고 열매를 맺었습니다. 나는 뭐에 홀린 듯 보리수나무에 다가갔습니다. 꼭 대추처럼 생긴 보리수 열매들이 탐스럽게 익어 나뭇가지가 낭창낭창 아래로 휘었습니다. 수양이 부족한 이 포식자는 그 유혹 앞에서 또다시 속절없이 무너집니다. 시큼한 맛이 앵두보다 더합니다. 언제 왔는지 둘째 경민이가 곁에서 묻습니다.

"아빠, 이게 뭐예요?"

"응, 보리수 열매란다."

나는 뒤도 돌아보지 않고 대답합니다, 입안 가득 보리수 열매를 담은 채.

그러자 경민이가 내 손을 붙잡고 위 마당 꽃밭으로 데려갑니다. 야생화 동산에는 금낭화, 자란, 구봉화가 저물기 전 마지막 불꽃을 피우고 있습니다. 한껏 아름다운 자태를 뽐내던 둥굴레, 돌단풍은 꽃잎을 떨군 후 오히려 더욱 고고하고 당당한 모습을 내보입니다. 나리꽃과 비비추는 금방이라도 꽃을 피울 것처럼 꽃대가 올라와 있고, 돌담 아래 자리 잡은 수국 또한 여름을 빛나게 할 채비를 갖추고 있습니다. 돌 틈 사이로 노란 민들레가 피어 있는 것을 보고 아이가 탄성을 지릅니다. 저쪽 소나무 아래는 연분홍 싸리꽃이 피어 있군요. 제비꽃과 각시붓꽃이 진 자리에 야생 차나무가 연둣빛 새싹을 쏙쏙 내밀고 있습니다. 새로 나온 차나무 잎은 여느 꽃잎 못지않게 아름답습니다. 바위 옆에는 엉겅퀴, 쑥, 명아주, 고들빼기, 풍년초, 나락꽃 등등 온갖 야생초들이 무성하게 자라고 있습니다.

“아빠, 감자꽃 보러 가요.”

경민이가 내 손을 잡고 텃밭으로 이끕니다. 올해 텃밭 농사는 어느 정도는 성공을 거둔 듯합니다. 동네 사람들이 “어허, 올해는 제법이네!”라고 지나가면서 한마디씩 할 정도니까요. 입춘이 지나서부터 아내와 나는 꼼꼼히 텃밭 농사를 기획하고 준비했습니다. 무엇을 파종할 것인지, 구간을 어떻게 나눌 것인지, 풀은 어떻게 뽑을 것인지, 퇴비는 얼마만큼 낼 것인지 등등에 대해 많은 대화를 나눴습니다. 우리는 가능한 여러 작물을 심기로 했습니다.

두둑을 치고, 고랑을 내고, 밑거름을 주었습니다. 감자, 옥수수, 치마상추, 치커리, 아욱, 쑥갓, 당근, 마, 더덕, 고추 100주, 토마토, 방울토마토, 호박, 수박, 참외, 들깨, 부추, 배추, 무, 케일, 가지 등을 심었습니다. 아이들과 함께 물을 주고, 고추, 토마토, 더덕 모종에는 대나무로 만든 지지대를 꽂아 끈으로 묶어 주었습니다. 수시로 가서 곁순을 쳐 주고 말을 걸었습니다. 농작물은 주인의 발자국 소리를 듣고 자란다고 했습니다. 그랬더니 지금은 각종 채소가 먹음직스럽게 자라서 눈이 부실 정도입니다. 상추와 쑥갓은 매일 식탁에 올려놓고 먹습니다. 아욱은 주로 된장국에 넣어서 먹는데, 그 맛과 향기가 일품입니다. 오죽하면 '가을 아욱된장국은 문 닫아 놓고 혼자 먹는다'라는 속담이 생겨났겠습니까? 된장도 작년에 직접 집에서 담근 것입니다. 일 년 묵혀서 먹으니 더욱 깊은 맛이 납니다.

지금은 감자꽃이 한창입니다. 두 아들들은 아침에 일어나면 텃밭에 풀 뽑으러 가자고 졸라댑니다. 텃밭에 뿌려 놓은 씨앗들이 싹을 틔우고 성장하는 것을 보면서 아이들은 자연의 신비로움에 새삼 놀라워하는 눈치입니다. 들깨와 상치는 형돈이가 직접 씨앗을 뿌렸습니다. 고추 모종을 심을 때는 경민이가 모판에서 모종을 하나씩 뽑아 가져다주었습니다. 물을 줄 때도, 풀을 뽑을 때도 항상 아이들과 함께합니다. 그러면 아이들은 해맑은 웃음을 지으며 텃밭을 놀이터처럼 뛰어다닙니다. 그 모습에서 나는 아이들의 밝은 미래를 봅니다.

'마음껏 뛰어놀거라. 사람은 모름지기 흙에서 태어나 흙에서 자라야 하는 법이란다. 너희들이 커서 어른이 되었을 때, 진정 의지하고 믿을 수 있는 대상은 바로 자연이고 흙이란다. 나 역시 너희 할아버지, 할머니한테 그렇게 배웠다. 무릇 사내란 자기가 먹을 먹거리를 스스로 생산할 줄 알아야 하는 법이다. 세상의 모든 출세와 성공도 알고 보면 별거 아니란다. 산다는 것은 결국 한여름 밤의 꿈과 같은 것이다. 그러니 이왕이면 아름다운 꿈을 꾸며 살다가 갈 일이다. 아름다운 꿈을 꾸기 위해서는 아름다운 자연 속에서 살아야 한단다. 이 가난한 아빠는 너희들에게 그것을 물려주고 싶은 것이란

다. 그래서 도시를 떠나 이곳 시골로 이사 온 것이란다.’

나는 아이들이 막대기를 들고 밭고랑 사이를 뛰어다니는 모습을 보면서 마음속으로 말했습니다. 아이들도 이 아빠의 마음을 아는지 해맑은 미소를 지으며 달려옵니다.

“아빠! 옥수수가 엄청 커졌어요. 방울토마토도 열렸어요!”

“감자꽃이 지면 감자를 캘 수 있어요?”

호기심 가득한 얼굴로 아이들은 묻고 또 묻습니다.

밭둑에 심어 놓은 산벚나무 가지에 물까치가 떼로 날아와 뭐라 뭐라 지저귀고 있습니다. 물끄러미 바라보고 있자니 나뭇잎 사이로 뭔가가 보입니다. 가까이 가서 보니 버찌가 빨갛게 익고 있습니다. 아, 이런! 또 입에 군침이 돕니다.

이별은 잊힘에서 온다

　6월 3일은 어머니 돌아가신 지 15년째 되는 기일입니다. 밤새 비가 내렸고, 아침에는 앵두가 익고, 금은화가 활짝 피었습니다. 무대는 그대로인데, 당신들이 거닐던 마당과 툇마루는 그대로인데, 무대를 장식할 배우들이 보이지 않습니다. 잠시 쉬러 간 것이 아닙니다. 영원히 돌아오지 않을 것입니다. 이제 다시는 저 탁 트인 누마루에 앉아 정원을 빛내는 참나리꽃과 백합을 바라보며 휴식을 취하던 당신들의 모습을 보지 못할 것입니다.

　얼마나 많은 배우들이 저 무대를 거쳐 갔을까요? 할머니, 할아버지, 아버지, 어머니 그리고 형제자매들. 그동안 켜켜이 쌓아 올린 업적과 추억들을 뒤로하고 다시는 돌아오지 못할 먼 길 떠난 분들에게 생전에 더 살갑게 다가가지 못했던 것이 아쉬움으로 남았습니다. 한편으로는 동시대를 잠시라도 함께했던 날들에 대한 고마움과 그리움이 파도처럼 밀려옵니다.

　우리도 언젠가는 커튼을 내리고 찬란하게 빛나던 저 무대에서 내려올 것입니다. 그때도 세상은 아무 일도 없던 것처럼 비를 내리고, 꽃을 피우고, 새들이 노래 부르게 할 것입니다. 그 무대는 다른 주연, 조연 배우들로 채워질 테고, 그들은 또 자신이 맡은 역할을 훌륭하게 수행해 낼 것입니다. 그러니 여기 있을 때 잘해야 함을 깨닫습니다. 다만 무대 위에서 내가 맡을 역할은 스스로 정해야 합니다. 다른 누군가가 써 준 각본대로 움직이는 것은 꼭두각시가 하는 일입니다. 마음먹기에 따라 세상의 주인이 될 수도, 누군가의 종이 될 수도 있습니다. 세상에는 자기 자신을 스스로 종이라고 부르면서 그것을 겸손이라는 이름으로 포장하는 경우가 많습니다. 오직 한 번 주어지는 무대인데, 굳이 스스로 종이 되어 살 필요가 있을까 자문합니다.

나는 나고, '너의 또 다른 이름'이 나입니다. 좀 더 확장하면 우주의 흐름 속에서 만물을 이루는 '하나의 큰 연속체'가 나입니다. 무대에서 활동하고 사라졌던 사람들도 '나'였고, 지금 활동하고 있는 사람들도 모두 '나'고, 앞으로 저 무대에 등장할 사람들도 '나'라고 명명하며 자신의 역할을 다할 것입니다. 무대에 올랐던 나도, 너도, 그도, 그녀도, 모두 '나'라고 생각하며 연기했습니다. 그렇다면 엄밀히 말해서 '사라지는 나'는 없습니다. 그 이어짐과 연속성 속에서 나는 영원히 있는 것입니다. 그러니 지금의 내가 언젠가 저 무대에서 사라진다고 해도 아쉬울 것도, 서러울 것도, 슬퍼할 것도 없습니다.

삶과 죽음은 동전의 양면과 같습니다. 빛과 그림자처럼 한 몸으로 붙어 다닙니다. 나에게 있어서 영원한 삶 같은 것은 없으며, 사후 부활 같은 것도 없습니다. 죽음이 붙어 있지 않은 삶은 도무지 가능하지 않습니다. 이승에서 저승으로 통하는 강도 다리도 없으

며, 이승에서 모자랐던 삶을 저승에서 완성하는 법도 없습니다. 이
승에서 베풀거나 나누지 못했던 사랑 저승에서 만나 보상하거나 보
충할 수도 없습니다. 그래서 지금 여기 함께 있을 때 서로 위하고
사랑하라는 말이 가슴을 울립니다.

한편, 부활이 전혀 없는 것은 아닙니다. 사실 우리는 매일 '부활'
을 경험합니다. 아침에 눈을 떠서 저녁 잠자리에 들 때까지의 시간
이 실제로 우리가 경험하는 이승의 시간이고, 그 기간에 일어나는
모든 인연과 활동이 삶의 실체입니다. 누구도 다음 날 아침에 새로
이 뜬 태양을 맞이할 수 있다고 장담하지 못합니다. 멀쩡하게 잠들
었다가 다음 날 아침을 보지 못하고 죽음을 맞이한 사람들이 어디
한둘이겠습니까?
잠은 곧 죽음을 의미합니다. 아침에 일어나지 못하면 영원한 잠
자리에 들어간 것입니다. 영면에 들어가면 흙으로 돌아가 우주의
부분이 됩니다. 그것뿐입니다. 자연은 늘 그렇게 말해 왔고, 우리는
자연의 소리를 듣고 따르면 됩니다. 그러니 저녁에 잠자리에 들어
죽었다가, 운이 좋아 아침에 눈을 뜨면 다시 새로운 하루의 삶이 시
작되는 것이며, 이것이 바로 신체적·정신적 부활입니다. 영면에 들
었다가 다시 살아나는 법은 없습니다. 사후 부활에 대한 강조는 죽
음을 두려워하는 인간의 약한 마음을 이용하려는 불순한 의도거나,
인간을 계도하려는 방편일 뿐입니다.

나는 물과 바람으로부터 많은 것들을 배웁니다. 물이 흘러가는
것을 보면서, 바람이 불어왔다 불어가는 것을 보면서, 삶이 어떠해

야 한다는 것을 깨닫습니다. 나에게 주어진 시간은 오직 오늘 하루 뿐입니다. 그러니 오늘 하루를 집중해서 잘 살면 됩니다. 물처럼 바람처럼 자유롭고 겸손하게, 열정적이고 치열하게 살면 됩니다. 고대 그리스 비극의 대가 소포클레스는 오늘 이 순간의 중요성을 강조하며, 다음과 같은 명언을 남겼습니다.

"내가 헛되이 보낸 오늘은 어제 죽은 이가 그토록 갈망하던 내일이다."

오늘 무탈하게 하루를 보내고 잠자리에 들었다가 내일 아침 눈을 뜬다면 나는 비로소 부활한 것이며, 그때 내일의 나는 오늘의 내가 아닐 것입니다. 우리는 매일 죽고 다시 태어납니다.

또 한편으로 사후 부활도 없는 것이 아닙니다. 사후 부활은 기억의 광장, '역사의 무대'에서 일어납니다. 사람은 누구나 죽어 크고 작은 역사의 심판을 받습니다. 본인이 행한 행동과 업적에 따라 부활할 광장의 크기, 무대의 크기가 정해집니다. 평범한 시민으로서 한 가정을 잘 보살피다 갔다면 가족들의 기억 속에 그리움의 대상으로 되살아날 것이고, 이웃을 위해 헌신하고 베푸는 삶을 살다 갔다면 지역사회 기억의 광장에서 본받아야 할 표상으로 부활할 것입니다. 만일 한 국가의 안위를 위해 자신을 희생하는 삶을 살다 갔다면 이순신 장군처럼 그 나라의 영웅으로 부활하여 역사의 한 페이지를 장식할 것입니다. 세계 인류의 안녕과 평화를 위해 위대한 업적을 남겼다면, 세계사의 무대로 장엄하게 부활하여 세상 사람들

기억 속에 영원히 남게 될 것입니다. 이것이 바로 인간이 사후에 역사의 무대에서 부활하는 보편적이고 상식적인 방식입니다.

우리 선조들은 이러한 부활의 법칙을 누구나 알기 쉽게 한 줄 경구로 마무리했습니다.

'사람은 죽어서 이름을 남기고, 호랑이는 죽어서 가죽을 남긴다.'

이승에서의 삶의 완성은 마지막 마침표인 죽음입니다. 죽음이 없는 삶이란 도대체가 불완전한 것이며, 불행한 것이며, 심지어 무의미한 것입니다. 산다는 일은 죽음이라는 목적지를 향해 끊임없이 한 발, 한 발 다가가는 자기완성의 여정입니다. 시작이 있는 것은, 끝이 있기 마련입니다. 유시유종은 자연이 스스로를 지속시키기 위해 만들어 놓은 존재의 법칙입니다. 시작과 끝은 대나무 마디처럼 연결되어 무한 순환합니다. 시작이 곧 끝이고, 끝은 다시 새로운 시작입니다.

모든 물상은 물질과 에너지로 상호 치환되어 우주의 구성 원자를 이루며 윤회를 반복합니다. 우리는 한 줌 흙으로 돌아가 미립자가 되어 세상을 떠돌다 시절 인연을 만나면 풀이 되고, 나무가 되고, 새가 되고, 별이 됩니다. 굳이 영생을 말하라고 한다면 이런 상태를 이르는 것일 겁니다.

그러니 우리는 죽음을 두려워할 필요가 없습니다. 오늘 하루를, 지금 순간을, 이웃과 더불어 화목하게 살았고, 자연과 더불어 조화롭게 살았다면, 오늘 저녁 잠자다 죽는다 한들 무슨 여한이 있겠습니까? 죽음 앞에서 두려운 것은, 오직 이것 하나뿐입니다.

“내가 이웃들과 자연 만물들과 더불어 화평하게 살았는가, 그렇지 못했는가?”

지금 주어진 삶도 제대로 살지 못하면서 영생을 꿈꾸는 것은 부족한 나에게는 어리석은 탐욕으로 생각됩니다. 끝이 없는 생은 나에게 별로 매력이 없기 때문입니다. 나는 이승이라는 무대를 떠나면, 곧바로 흙이 되고 티끌이 되어 저 무한한 우주 공간을 자유롭게 떠다니고 싶습니다. 그러다 운 좋게 어느 행성에 닿으면 이름 모를 별이 되어 옛 고향인 지구가 그리워 늘 밤을 기다리겠지요.

그리고 헛된 욕심일 수 있지만, 나는 내가 스스로 무대를 떠나는 때를 간택하고 싶습니다. 운이 좋다면, 자연의 사계절처럼 인생의 사계절을 모두 경험해 본 후, 스스로 몸을 가누지 못하는 순간이 왔을 때, 생수 단식으로 마지막 순간을 맞이하고 싶습니다. 이것이 유한 자로서의 내가 꿈꿀 수 있는 ‘웰다잉(Well-dying)’입니다. 실제로 미국의 저명한 경제학자이자 반전주의자인 스콧 니어링(1883~1983)은 100세가 되던 해, 아내 헬렌이 지켜보는 가운데 자신이 뜻한 대로 연명 치료나 진통제 따위를 거부하고 물만 마시다가 품위 있고 존엄한 죽음을 맞이했습니다.

이러한 웰다잉의 참된 의미는 단순히 고통 없는 죽음이 아니라, 삶의 마지막 순간을 슬픔이나 허무가 아닌 안도와 감사라는 위대한 결말로 스스로 갈무리하는 데 있습니다. 이것은 특출난 사람만 할 수 있는 특별한 일이 아니라, 평소에 뚜렷하고 확실한 생사관을 정립해 놓는다면 누구나 실행에 옮길 수 있는 단순한 일입니다.

사실 얼마 전까지만 해도 우리나라 사람들은 병원이 아닌 집에서 임종했습니다. 가족들과 나누는 마지막 작별 인사는 그 자체로 부모가 후손들에게 주는 마지막 가르침이었습니다. 그 짧은 임종 순간, 우리는 만남과 헤어짐, 탄생과 죽음, 시작과 끝, 순간과 영원, 사랑과 원망, 고마움과 서운함, 기쁨과 슬픔, 자책과 후회, 절망과 두려움, 안타까움과 그리움 등등 삶의 모든 희로애락이 응축된, 인간이 느낄 수 있는 모든 종류의 감정에 직면합니다. 그래서 임종은 평생 잊을 수 없는 특별한 기억을 선사하고, 문득 어떻게 살다 가야 할 것인지에 대해 깊이 생각하게 합니다. 그래서 옛사람들은 부모의 임종을 지키는 일을 무엇보다 중요하게 여겼습니다.

한편, 우리가 먼저 떠난 사람들을 잊지 않고 기억하는 한 이별은 없습니다. 이별은 사별에서 오는 것이 아닙니다. 세상에는 얼마나 많은 생이별이 존재합니까? 사실 이별은 '잊힘'에서 옵니다. 그러니 우리가 진정으로 슬퍼할 일은 누군가의 마음과 기억 속에서 아주 잊히는 것입니다.

나는 먼저 무대를 떠난 부모님들과 형제자매들과 친구들을 잊지 않고 있습니다. 그렇기에 우리 사이에 이별이란 없습니다. 지금 순간을 생생히 느끼면서 실존하는 삶을 사는 한, 그들과 함께했던 역사와 일상들을 기억하는 한, 그들 역시 나와 함께 있는 것입니다.

그 한잔의 차, 고요한 산사의 향기

지난 1993년 여름, 나는 해남 달마산 미황사에 갔습니다. 그곳 주지 스님을 만나 미황사에 한 달 정도 머무를 수 있게 해 달라고 부탁을 드리기 위해서였습니다. 영암 월출산을 거쳐 해남읍에 도착해서 서정리 가는 버스를 타고 한참을 가다 보니, 왼편으로 거대한 공룡의 등뼈 모양을 산 능선이 나타납니다. 바로 미황사를 품고 있는 달마산입니다.

서정마을에서부터는 걸어야만 했습니다. 조그마한 호수를 끼고 소나무와 참나무가 무성한 폭이 좁은 오솔길을 한참 올라가니, 무성한 활엽수림 속에 깊이 파묻힌 미황사가 모습을 드러냈습니다. 석축 계단을 몇 개 오르자, 단아한 대웅전 뒤로 신비스럽고도 장엄하기 그지없는 달마산 봉우리들이 보이기 시작했습니다. 현공스님의 안내를 받아 법당에서 삼 배를 한 뒤 요사채의 다실로 들어갔습니다.

요사채에서 문밖으로 바라보는 산사의 풍경은 낯설지만 신선했습니다. 낮게 깔린 비구름이 대웅전 뒤쪽으로 병풍처럼 둘러싼 달마산 봉우리를 마치 용트림이나 하듯이 때로는 휘감아 돌고, 때로는 해일처럼 솟구쳐 오르다 떨어지며 장엄한 광경을 연출하고 있었습니다. 대웅전 앞뜰엔 아무런 인적도 없이 빗줄기만 보일 뿐 온통 고요만이 물줄기처럼 주위를 흐르고 있었습니다. 하지만 이런 풍경과 운치는 감성을 지닌 사람이라면 누구나 느낄 수 있는 경탄의 대상일 것입니다. 내가 새롭게 감동한 것은 바로 현공스님이 손수 우려낸 차의 미묘한 향과 푸르스름한 빛깔이었습니다. 그리고 따사로움이 절로 배어 나오는 둥그스러운 다기와 차를 정성껏 우려내던 그 고요하면서도 품위 있는 자태였습니다. 커피나 청량음료에 익숙해 있던 나에게 그 모습은 신선한 충격이었습니다. 찻잔에서 은은히 풍겨오는 향기는 바로 소담스러운 산사의 향기, 빗방울에 패이며 비바람에 묻어오는 흙냄새였습니다.

스님은 차에 대해서 조예가 깊은 분이셨습니다. 차의 오묘한 맛을 내기 위해서는 차의 품질이 뛰어나야 할 뿐 아니라, 팽주(烹主)가 물과 불을 제대로 다룰 줄 알아야 합니다. 스님은 정성껏 우린 차를 권하면서 이 땅의 젊은이라면 마땅히 우리 전통 문화에 대해 관심을 가져야 한다는 당부도 잊지 않으셨습니다.

내가 머무를 방은 명부전 바로 옆에 있는 온돌방이었습니다. 산속이라 여름에도 불을 지펴야 한다고 해서, 해 질 무렵 아궁이에 장작을 넣고 불을 땠습니다. 굴뚝에서 피어오르는 연기는 멀리 어란포가 있는 서해 위로 번지는 저녁노을과 어우러져 잠시 노닐다가, 이윽고 달마산 울창한 숲을 휘감아 돌며 능선 너머로 사라졌습니다. 어둠과 더불어 온 세상은 고요 속으로 빠져들었고, 시간은 느리게 갔습니다. 태어나서 처음 경험하는 산중 생활이었습니다. 바쁘게 뛰어다니지 않으면 못 살 것처럼 사람들을 옥죄는 대도시의 번잡한 환경과는 완전히 딴판이었습니다. 들리는 것은 오직 물소리, 바람 소리뿐이었습니다. 생각과 행동을 느리게 하지 않으면 적응하지 못할 상황이었습니다.

이런 환경에 적응하기 위해 할 수 있는 최고의 방법은 산책이었습니다. 달마산 정상까지 가는 데는 1시간 남짓 걸렸습니다. 정상에서 사방을 둘러보면 말 그대로 선경이었습니다. 남서 방향으로는 완도와 진도로 이어지는 남해가 가슴을 시원하게 해 주고, 북으로는 크고 작은 산들과 구릉들이 파노라마처럼 펼쳐지며, 그 사이사이에 푸른 들을 품고 있는 모습이 정겹게 들어옵니다.

그러나 너무 위치가 높고 사방이 트인 곳에서는 생각을 모으기가 어렵습니다. 그리고 자칫 교만해지기 쉽습니다. 높은 자리란 그런 속성을 지니고 있습니다. 그래서 정상으로 오르는 길보다는 오히려 산 아랫마을로 내려가는 길을 산책길로 택했습니다. 왕복 1시간 정도 걸리는 길인데, 마을 못미처 산기슭에 아담한 호수가 있습니다. 이 저수지 둑에서 미황사 쪽을 바라보면 달마산 전체가 수면 위에 잠깁니다. 한참 동안 호수를 바라보며 앉아 있다가 천천히 요사채로 돌아오곤 했습니다. 소나무, 참나무, 동백나무가 무성한 이 오솔길을 이른 아침에 그냥 천천히 걸었습니다. 아무 생각 없이 걷는 때가 제일 좋았습니다.

또 하나의 산책길이 있었는데, 그것은 대웅전에서 부도밭까지 가는 길이었습니다. 그 당시에 이 길은 잡목과 풀로 가려져 있어서 찾기가 힘들 정도였습니다. 하지만 나는 이 숲길을 걷는 것을 제일 좋아했습니다. 이곳까지 가는 길도 매력적이었지만, 부도밭에 세워져 있는 비석들의 형태와 질감을 감상하는 것 또한 큰 즐거움이었습니다. 한문이 짧아 비문을 읽고 해독하지는 못했지만, 비석에 새겨져 있는 그림과 글씨의 여러 모양을 살펴보는 것도 재미가 있었습니다. 다른 대형 사찰들과는 달리 이 미황사의 부도밭은 한적하고 쓸쓸한 풍경이었습니다. 그런데 그 쓸쓸한 느낌이 오히려 좋았습니다.

사람이란 참 이상한 면이 있습니다. 사람들은 가끔 스스로 외로움을 만들어 냅니다. 그리고 그 창조된 외로움 속으로 자신을 밀어 넣고 은밀하게 그것을 즐깁니다. 그러면서도 누군가가 고독을 즐기는 자신의 모습을 보고 이해해 주기를 초조한 마음으로 바랍니다. 그러나 어느 누가 타인의 외로움을 진정으로 이해해 줄 수 있을까요?

그 외로움을 온전히 이해해 주고 위로해 줄 수 있는 것은 아쉽게도 '사람'이 아닙니다. 한 인간의 근원적인 외로움을 달래 줄 수 있는 것은 바로 솔잎 사이로 불어오는 바람 소리와 어디선가 발원하여 낮은 곳으로 흘러가는 물소리입니다. 때 묻지 않은 자연의 소리입니다. 현대의 도시인들이 활기차고 분주하게 사는 것 같지만, 사실 외로움으로 마음이 지쳐 있는 까닭도 바로 이 한적한 숲속에서 들려오는 물소리 바람 소리를 오염된 문명의 소음에게 빼앗겼기 때문입니다. 그런 자연환경에서 너무 멀리 떨어져 있기 때문입니다.

미황사 부도밭 가는 오솔길은 내가 맑은 자연의 소리를 다시 들을 수 있는 기회를 가져다주었습니다. 다시 어린 시절의 때 묻지 않은 감각을 되찾은 듯한 느낌이었습니다. 한밤중에는 대웅전 앞뜰에 나와서 큰 너럭바위 위에 앉아 있곤 했습니다. 하늘에는 반짝이는 별이 있고, 대지에는 어둠이 있었습니다. 인적 하나 없는 이 깊은 산속 뜨락에 나 혼자 나와 있었습니다. 모두가 잠들어 있는 줄 알았는데, 그것이 아니었습니다. 이 밤중에도 숲속에서 한 줄기 바람이 불어와 처마 밑 풍경을 울리고, 저 아래 계곡에서는 시냇물이 돌에 부딪히며 부지런히 어디론가 흐르고 있었습니다. 나는 새벽이 오는 줄도 모르고 오랫동안 바위 위에 앉아 있었습니다. 대도시에서 정신없이 사느라 까마득히 잊고 있었던 저 심연을 일깨우는 물소리 바람 소리를 들으면서 말이지요.

가끔 스님은 커다란 단풍나무 아래 놓인 평상마루 위에 찻자리를 펴고 향기로운 차를 우려내어 대접하셨습니다. 우리는 평상 옆에 탐스럽게 피어 있는 수국을 감상하면서 그 그윽한 차를 마셨습니다.

'지금까지 서른이 다 되도록 이런 맛을 모르고 살았다니…!'

서양식 교육만 받아 온 나로서는 어찌 보면 당연한 일이었을 것입니다. 집마다 커피 세트는 갖추어 놓았지만, 우리 차와 차 도구를 갖추어 놓고 차를 마시는 가정은 드물었습니다. 아마 지금도 마찬가지일 것입니다. 스님께 우리 차와 전통문화에 대한 것뿐만 아니라 불교에 대해서도 기초적인 법문을 자주 접해 들었습니다. 오후 예불 때는 스님 곁에서 108배를 하며 예를 올렸습니다. 아름다운 미황사 대웅전 법당에 울려 퍼지던 독경 소리와 목탁 소리는 또 얼마나 청아하고 부드러웠습니까? 사람의 목소리가 이렇게 아름다울 수 있다는 것을 그때 처음 알았습니다.

달마산 미황사에서의 한 달은 그렇게 지나갔습니다. 나는 다시 산에서 내려와 아우성치는 대도시 일상으로 돌아갔습니다. 일상으로 돌아온 후 다시 분주한 생활에 파묻혀 지내면서도, 그때의 장면과 스님이 우려내어 준 녹차 맛을 잊을 수 없었습니다. 그래서 다기와 작설차를 사다 놓고 집에서 가끔 차를 마셨지만, 아무래도 미황사에서 마시던 그 색과 향이 나오지 않았습니다. 그래서 기회가 닿으면 우리 차에 대해서 구체적으로 공부를 해 봐야겠다고 다짐해오던 중 기회가 왔습니다. 신촌에 있는 한겨레 문화센터에서 '다도 강좌'를 연다는 공지를 신문 광고란에 실었습니다. 우리 차와 전통문화에 대해서도 배우고 새로운 사람들도 사귀고 싶은 마음에 주저없이 등록했습니다.

그곳에서 기대했던 대로 우리 전통문화와 우리 차에 대해서 많은 것을 배웠습니다. 그리고 여러 좋은 분들을 만났습니다. 모두가 평생을 벗으로 지낼 만한 훌륭한 인품을 지닌 분들로, 지금도 그 인연을 이어 가고 있습니다. 또한 물을 끓이고 차를 우려내는 과정에서 맑은 물소리를 들을 수 있어서 기뻤습니다. 비록 깊은 산중의 계곡에서 들리는 소리는 아니었지만, 번잡한 도시 한복판의 조그만 방 안에서 마음을 가다듬고 차를 따를 때 나는 물소리 또한 그 못지않은 평온함과 고요함을 가져다주었습니다.

찻잔에 차를 따르면서 항상 달마산 미황사 솔바람 소리를 떠올렸습니다. 그러면 잠시 동안만이라도 도시 문명의 소음에서 벗어날 수 있었습니다. 고요한 산사에서 얻어 마신 그 한 잔의 차가 나에게 끼친 영향은 지대했습니다. 차는 내면을 성찰하게 하고, 하루를 되돌아보게 하는 묘한 힘이 있었습니다.

이제 나는 분주한 일상에서 집으로 돌아오면 마음을 가다듬고 정성껏 찻물을 준비합니다. 서툴게 우려낸 차지만 조심스럽게 다관을 품어 들고 찻잔에 차를 따릅니다. 또르르르, 찻물이 떨어지는 소리를 듣는 순간, 나는 이미 집에 있지 않습니다. 구름 덮인 달마산 미황사에 가 있습니다. 천지 사방은 고요하고 시간은 정지된 듯합니다. 요사채 앞 활짝 핀 수국 곁에 놓인 평상마루에 앉아 차를 마시며 대웅전 앞뜰에 떨어지는 빗방울 소리를 듣습니다.

문득 정신을 차리면 새롭게 들리는 소리, 다관에서 찻잔으로 떨어지는 찻물 소리.

모정마을 달빛 연꽃축제

장단과 풍경이 아름다운 마을, 마을 공동체가 살아 숨 쉬는 마을, 남도의 멋과 인정이 넘치는 모정행복마을, 영암 달맞이마을 모정, '농자천하지대본' 글씨가 새겨진 오색 깃발이 앞장서고, 뒤이어 모정풍물단과 관광객들이 홍련이 만개한 호숫가 산책로를 걷습니다. 둑방길 끝에 다다르자 은적산 너머로 노을이 집니다. 원풍정에 차려진 무대에서 통기타 가수의 축하 공연이 시작되고, 이어서 색소폰과 바이올린 선율이 마을 가득 울려 퍼집니다. 축제 분위기가 점점 고조되고, 사람들은 월출산을 수시로 쳐다보며 애타게 달빛을 기다립니다. 그러나 아직 달은 떠오를 기미가 보이지 않습니다. 땅거미가 내려앉고, 맞은편 마을 골목길에 가로등이 켜지기 시작합니다.

이제 동네 주민들의 창작 민요 발표 시간입니다.

"모정마을 달 떠온다. 모정마을 달 떠온다. 아름답고 살기 좋은 우리 마을 으뜸일세. 호숫가 원풍정 열두 가지 풍경들은 신선들의 놀이터, 우리 마을 자랑일세."

참으로 절묘한 타이밍입니다. 모정마을 풍물단 회원들이 원풍정 12경 창작민요를 부르자, 마치 화답이나 하듯이 때마침 월출산 구정봉 위로 보름달이 둥실 떠오릅니다. 참석한 사람들 모두 넋을 잃고 월출산 달오름을 바라봅니다. 달빛은 산봉우리를 뛰어넘고, 너른 들녘을 건너 5만 평 모정 호수를 잠시 어루만지더니, 이윽고 달맞이 언덕 아래 가득 피어 있는 홍련 꽃봉오리에 내려앉습니다. 수면 위로 얼굴을 내밀고 있던 수만 송이 연꽃들이 수줍은 듯 얼굴을 붉히며 달빛 품에 안깁니다. 원풍정 마당에 서 있던 사람들 모두 달빛에 취하고, 연향에 취하고, 흥에 취하여 장구 장단과 민요 가락에 맞추어 덩실덩실 춤을 춥니다. 마침내 월출산 달빛이 5백 년 넘게 존속해 온 모정리 연당의 홍련을 만난 것입니다.

달빛이 연못에 비치지 않은 적은 없었겠지만, 이날 밤은 아주 특별했습니다. 올봄에 완공된 수변 산책로를 기념하고, 수십 년 전 갑자기 사라졌던 홍련이 다시 나타난 것을 환영하여, 마을 주민들이 '달빛 연꽃축제'를 연 날이기 때문입니다. 모정마을 홍련지(紅蓮池)는 1540년경 월당 임구령 광주 목사에 의해 조성된 것으로, 연못가에는 '쌍취정'이라는 이름을 가진 운치 있는 정자가 있었습니다. 1800년대 초에 임 목사의 후손이 인근 마을에 매각하는 바람에 쌍취정은 없어졌지만, 연못은 지금까지 존속해 오고 있습니다. 이런 사연들은 1857년 호숫가에 세워진 철비(김병교 관찰사 송덕비)에 자세히 기록되어 있습니다. 1970년대에 지독한 가뭄이 들어 연못이 오랫동안 마르자 한때 홍련도 자취를 감추었으나, 몇 년 전에 한 송이가 피어나더니 지금은 연못을 가득 채웠습니다. 주민들의 얼굴에도 만개한 연꽃만큼이나 환한 웃음꽃이 피어났습니다.

주민들은 마을 축제를 위해 바쁜 일손을 잠시 멈추고 마음을 모았습니다. 모정두레체험관에서 연꽃 축제를 기획하면서 저녁 식사 문제를 놓고 동네 아주머니들과 의논을 했습니다. 나는 간단한 주안상 정도만 제공하자고 먼저 의견을 내놓았습니다.

"날씨도 덥고 바쁜 철인 데다 예산도 없으니 막걸리에 떡, 수박 정도만 준비해서 제공합시다."

"뭔 소리여! 마을에 온 손님들인데 밥을 해 드려야지."

"저녁 식사를 준비할 만한 돈이 없는데요?"

"아, 없으면 우리가 걷어서라도 마련해야지!"

"네…. 그런데 김치와 반찬은 언제 만들고, 밥은 어떻게 합니까?"

"밥은 연꽃축제니까 연잎밥으로 하고, 반찬은 열무김치, 오이냉채, 고구마순 나물, 양파장아찌, 김치 정도 하고, 된장국 끓여 내면 되지."

"어이구, 안 그래도 고추 따느라 바쁘신데 언제 그 일을 하려고 그러십니까?"

"아, 추진위원장은 다른 일이나 하시오. 음식은 우리가 할 테니!"

나는 할 말을 잃었습니다. 동네 아주머니들은 서로 일을 나누어 기어이 400인분의 연잎밥을 준비했습니다.

상부상조, 품앗이, 두레, 헌신, 봉사의 전통적인 공동체 의식이 생활화된 마을 주민들과 대도시에서 경쟁 위주의 출세 지향적인 교육만 받다가 고향으로 돌아온 한 허깨비 지식인 사이에 놓인 생각의 차이가 이러했습니다. 나는 죽었다 깨도 동네 아주머니들의 저

숭고한 이웃 사랑 정신과 헌신성을 따라가지 못할 것입니다. 언젠가 아인슈타인이 어느 강연회에서 했던 말이 생각났습니다.

"한 인간의 가치는 지위나 출세에 있는 것이 아니라 자신이 속한 공동체를 위해 얼마나 많은 공헌을 했느냐에 달려 있다."

마을 주민들은 30도가 넘는 불볕더위 속에서도 이름도 모르는 이웃 방문객들을 위해 자기 돈과 시간을 들여 가면서 정성껏 '밥'을 만들었습니다.

축제 준비를 하면서 마을은 모처럼 활기를 되찾았습니다. 이장님을 중심으로 온 마을 주민들이 새벽부터 마을 대청소 울력을 했습니다. 골목길 구석구석을 깨끗하게 청소하고 소공원과 수변 산책로 풀을 베었습니다. 모정풍물단 단원들은 길놀이를 위해 저녁마다 두레 체험관에 모여 풍물 연습을 했습니다. 특히 풍물단 아짐들은 마을 찬가인 '원풍정 12경' 창작 민요 발표를 위해 밤늦게까지 연습을 했습니다. 소식을 들은 재경향우회(회장 김용길)에서도 자발적으로 이루어지는 고향 마을 행사에 물심양면으로 많은 도움을 주었습니다. 행정의 지원 없이 마을 자체 힘으로만 행사를 준비하다 보니 적자에 대한 두려운 마음도 있었지만, 주민들의 적극적인 참여로 극복해 냈습니다. 작년 가을 원풍정 음악회에 이어 두 번째로 마을 주민들 힘으로 치러 낸 마을 축제였습니다.

모정행복마을은 일과 놀이와 문화가 어우러지는 마을 공동체, 아름다운 자연환경과 쾌적한 주거 환경이 조화를 이루는 생태 마을을 꿈꿉니다. 주민들 스스로 마을의 역사 문화 자원을 발굴하고 보전하기 위해 노력합니다. 이런 과정을 통해 자립심과 협동심이 강화되고, 문화적 자긍심이 생겨납니다. 주민들의 이런 자발적인 모습을 보고 지자체나 이웃 마을들도 크고 작은 도움을 주려고 합니다.

보름달이 어느새 팽나무 높은 가지 위에 걸터앉았습니다. 사람들이 막걸리에 취해 몸을 못 가누듯, 여름밤 또한 달빛에 취해 휘청거립니다. 몇몇 연인들이 서로 손을 잡고 다시 수변 산책로를 걷습니다. 발걸음 소리에 놀라 흰뺨검둥오리들이 물갈퀴로 수면을 박차며 밤하늘로 날아오르고, 때 이르게 핀 코스모스꽃들은 꽃발을 딛고 연인들의 정담 소리에 귀 기울입니다. 달이 허리를 펴서 고도를 높일수록 모정리 여름밤은 서쪽으로 깊어 가고, 달빛은 더욱 고르게 세상을 비춥니다. 오백 년을 견디고 기다리다 기어이 주민들 곁으로 돌아온 홍련 위로, 산과 들과 호수와 마을이 만나 접점을 이룬 들길 위로, 때로는 소나기처럼 격렬하게 때로는 가랑비처럼 부드럽게 달빛이 내립니다. 이러한 정취는 홍련꽃이 피고 지는 8월 한 달 동안 내내 계속됩니다.

문득 감히 말하고 싶습니다, 영암의 여름 달밤은, 월출산의 여름 달밤은, 오직 이 마을, 원풍정 12경에 빛나는 모정마을 홍련 저수지에 있다고.

월출산 산행기, 초의선사 발자취를 따라서

　올여름은 유난히 변덕스러웠습니다. 장마 기간에는 가뭄이더니, 장마가 끝났다고 하니 오히려 비가 더 많이 내립니다. 아무리 가마솥 같은 찜통더위도 처서가 오면 그믐날 썰물처럼 물러가는 것이 상례였습니다. 그래서 가을은 어느 날 갑자기 벼락같이 온다고 했습니다. 그런데 올여름은 처서가 지나도 불볕더위가 수그러들 줄 모릅니다. 그래도 열대야에 시달리는 도시와는 달리 사방이 산과 들로 둘러싸여 있는 시골에서 사는 덕분에 그다지 힘들지 않게 여름을 나고 있습니다. 새벽에는 이불을 덮어야 잘 수 있을 정도로 서늘합니다. 아무리 여름이 물러가지 않으려고 해도 계절을 순환시키는 우주의 이치를 거스를 수는 없습니다.

　시골살이의 묘미는 이른 아침을 맞이하는 데 있습니다. 먼동이 터 오는 새벽에 일어나, 툇마루에 서서 동녘 하늘의 빛깔을 자세히 살펴보면 계절의 변화를 온몸으로 느낄 수 있습니다. 어린 시절이나 대도시에서 살고 있을 때는 잘 몰랐는데, 10년 전 시골로 이사 와 살면서 이른 아침에 일어나는 습관을 갖게 되니, 자연히 일찍 마당에 나가 하늘과 대지의 신령스러운 기운을 살피게 되고, 그러다 보니 계절에 따라 새벽 하늘빛이 다르다는 것을 점점 깨닫게 되었습니다.

여름과 가을을 명징하게 구분 지어 주는 것은 바로 아침 하늘의 빛깔과 안개입니다. 가을이 가까워질수록 새벽 하늘빛이 점점 붉어지고, 가을이 깊어 갈수록 안개가 짙어집니다. 처서가 사흘이 지난 오늘, 새벽 동녘 하늘이 온통 주홍빛으로 물들면서 먼 산등성이 위로 점점이 흩어져 있는 조각구름들이 석류 알처럼 붉은 색깔로 영롱하게 빛납니다. 이 시점이 되면 고요하던 고샅 앞 대숲에 서늘한 바람이 불어 댓잎들이 일제히 일렁거리기 시작하고, 윗마당 이팝나무는 우람한 팔을 벌려 초가을 여명을 품어 안으며 우뚝한 그림자를 마당에 드리웁니다. 세상의 물상들이 자신의 존재를 나타내는 방식은 모두 똑같습니다. 그림자를 통해 자신의 실체를 드러냅니다. 빛과 그림자는 결국 한 몸이기 때문입니다.

대숲에서 막 나온 새들 또한 이에 질세라 목청껏 지저귀며 아침을 불러옵니다. 사태가 이렇게 되면 새벽바람은 더욱 거세지고, 어웅한 골짜기 사이에 갇혀 밤새 정지해 있던 구름이 산등성이 너머로 천천히 이동을 시작합니다. 그 이동 방향은 계절풍의 영향을 받아 보통 남동쪽에서 북서쪽으로 향합니다.

초의선사 발자취 따라 월출산으로

오늘도 이른 아침에 일어났습니다. 오늘은 월출산 산행을 하기로 한 날입니다. 한국의 다성(茶聖)으로 추앙받는 초의선사가 월출산 산행 중에 득도했다는 말이 있어 그 발자취를 따라가 볼 생각입니다. 나는 그곳이 구정봉일 거라 짐작합니다. 찻물을 끓여 월인당 누마루에서 아내와 함께 작설차를 마시며 산행 계획을 세우고 있는데, 아직은 어둑어둑한 월출산 능선 너머에서 붉은 아침노을이 무명천에 황토물 스며들 듯 동녘 하늘에 시나브로 번지고 있었습니다. 그 황홀한 풍경에 넋을 잃고 바라보다가 문득 정신이 들어 디지털카메라를 가져와서 여러 장면을 담았습니다. 자신도 모르게 입가에 미소가 떠올랐습니다.

'아, 가을이 여름을 밀치고 사립문으로 걸어 들어오는 풍광을 이렇게 제대로 볼 수 있다니, 상서로운 조짐이로구나.'

이 느낌을 오래 붙잡아 두고 싶어서 월출산 구정봉과 용암사 터로 떠나기 전에 간단한 메모를 남겼습니다.

'가을은 언제나 감나무 가지 끝에서 오는 줄로 알았는데, 꼭 그런 것만은 아니었습니다. 가을은 이미 월출산 너머 새벽하늘을 붉게 물들이며 여름을 저만치 밀쳐 내고 있었습니다. 여름은 밀려나는 것이 서러운지 불 화산보다 더 붉은 불꽃을 토해 내며 산 너머에서 울음을 터뜨리고 있었습니다.'

월출산에 간다고 하니 방학 중인 초등학교 5학년 아들이 기어코 따라가겠다고 배낭을 꾸려 뒤따라 나섭니다. 책상에 앉아 책을 읽는 것도 좋지만 이것도 큰 공부가 될 것이라는 생각이 들어 청을 들어주었습니다. 아내는 간식으로 오이 2개, 참외 2개, 복숭아 2개, 풋고추와 된장, 보리밥 도시락과 물을 챙겨 주었습니다. 그리 많은 짐은 아니지만, 아들과 함께 나누어 짊어지고 답사길에 올랐습니다. 월출산을 등반하기 전에 금정 여운재를 먼저 들렀습니다. 여운재에서 내려다본 월출산과 영암평야를 찍기 위해서였습니다. 하지만 옅은 안개가 끼어 있어서 정작 담고 싶었던 월출산 풍경은 시야에 잡히지 않았습니다. 아쉬웠지만 하는 수 없이 안개 낀 영암 들녘 풍경만 한 컷 찍고 월출산으로 향했습니다. 하늘의 도움 없이 어찌 뜻한 바를 온전히 이룰 수 있겠습니까.

이 당시 월출산 천황봉을 오를 때, 사람들은 주로 세 가지 코스 중 하나를 골랐습니다. 첫째는 가장 경사가 급한 천황사에서 구름다리를 거쳐 천황봉으로 가는 것이고, 둘째는 월남 경포대를 거쳐 천황봉으로 가는 것이며, 셋째는 구림 도갑사를 지나 구정봉을 거쳐 정상으로 향하는 것입니다. 천황사에서 시작하는 산행이 제일 힘이 들지만, 월출산의 기암괴석으로 이루어진 절경을 제대로 볼 수 있는 코스입니다. 하지만 지금 가고자 하는 목적지는 천황봉이 아니라 구정봉과 그 아래 자리하고 있는 용암사 터이기 때문에, 최단 거리로 갈 수 있는 경포대 코스를 택했습니다. 더구나 어린 아들과 동행하다 보니 아무래도 완만한 길을 택하게 됩니다. 시원하게 흐르는 경포대 계곡 물소리를 들으며 걷다 보니 군데군데 차나무가 보입니다. 사실 세 방향 어느 곳에서 산행을 시작해도 도중에 야생 차나무를 만나게 됩니다. 보통 산속에 차나무가 있는 곳은 옛날에 암자나 사찰이 있었던 장소라고 짐작하면 거의 틀림없습니다.

반 시간 정도 걸으니 땀이 비 오듯 쏟아집니다. 비취색 계곡물이 자꾸 들어오라고 유혹을 합니다. 어린 아들에게 슬쩍 물어보았습니다.
"형돈아, 저 웅덩이에서 몸 좀 담그고 가면 어떨까?"
"아빠, 아까 산 입구에 걸린 현수막 못 보셨어요? 계곡에서 목욕

하면 벌금이 20만 원이래요!"

가뜩이나 더위에 열이 오르는데, 원칙을 고수하는 아이의 말에 얼굴이 더욱 화끈거렸습니다.

"발가벗는 것도 아니고 잠깐 몸만 담그고 가는데 그게 뭐 어떠냐?"

"그래도 안 돼요!"

어린 아들의 완강한 반대로 결국 세수만 하고 계속 길을 재촉했습니다. 어른들이 먼저 규칙을 지켜야 하는데, 더위 때문에 순간 중심을 잃어버려 뒤통수가 따가웠습니다. 이래서 '아이는 어른의 아버지'라고 했나 봅니다. 중간중간에 오이와 복숭아를 먹으며 갔습니다. 산행 한 시간 반 만에 천황봉과 구정봉의 갈림길인 바람재에 도착했습니다. 구정봉으로 가는 길목에 노오란 원추리꽃이 한창입니다. 바람재 왼쪽 편에 사람 얼굴 형상을 한 거대한 암봉이 보입니다. 정상에 물웅덩이가 아홉 개 있어서 구정봉이라고 합니다.

조선 선비들이 가장 선호했던 월출산 유람 장소, 구정봉

월출산 구정봉

충청도 진천 출신의 서화가 담헌 이하곤(1677~1624)이 「구정봉 노래」라는 시에서 '월출산에 바위 숲 수없이 많지만, 세상에서는 구정봉을 으뜸으로 꼽는다네'라고 노래했듯이, 조선 선비들이 월출산에 오를 때 최종 목적지로 가장 선호했던 곳은 구정봉(九井峯)이었습니다. 구정봉 정상에는 용이 산다는 아홉 개의 웅덩이가 있어 구룡봉이라고도 불립니다. 구정봉 아래에는 영암이라는 지명 유래를 가져온 동석, 즉 흔들바위가 있고, 해 지면 하룻밤 묵어 갈 암자도 여러 개 있었으니 월출산 유람의 중심이 이곳 구정봉으로 귀착되는 것은 당연한 일이었을 겁니다. 게다가 천황봉과 향로봉에 이은 월출산 제3봉이므로 구정봉 정상에 오르기만 해도 사방으로 탁 트인 풍경을 충분히 감상할 수 있습니다. 지금이야 국립공원으로 지정되어 산책로 정비가 잘되어 있지만, 당시에는 정상까지 이어지는 길이 실로 가파르고 험한 길이었기 때문에 선뜻 천황봉에 오르려는 시도를 못 했던 것 같습니다. 고산자 김정호가 제작했다는 대동여지도에도 영암 월출산 대표 봉우리로 천황봉이 아닌 구정봉이 명확하게 기록되어 있습니다. 그래서 옛 시인 묵객들이 월출산을 산행하면서 남긴 문헌을 보면 대부분 구정봉에 관한 소회입니다.

영암에 가뭄이 들면 영암군수는 구정봉에 올라 기우제를 지냈습니다. 구정봉 아래에 기우제 모실 때 사용했던 제기 용품들이 흩어져 있는 것을 볼 수 있습니다. 국가 차원의 산천제는 천황봉에서 이루어졌던 것 같은데, 영암군수들이 가뭄 때 남긴 제문을 보면, 기우제는 주로 구정봉에서 행해졌음을 알 수 있습니다.

한편, 조선 말기의 문신 이유원(1814~1888)은 그가 저술한 책『임

하필기』에서 월출산 구정봉과 동석에 대해 '월출산 정상에는 구정
암(九井巖)이 있는데 높이가 2장(丈)이며, 이 바위 곁으로 구멍이 하
나 나 있다. 이 구멍을 따라서 위로 올라가면 산꼭대기가 펀펀하여
수십 명이 앉을 수 있는데 여기저기 우묵하게 파인 곳에 물이 고여
서 마치 항아리 아홉 개가 놓여 있는 것과 같다. 이 봉우리 밑에는
세 개의 큰 돌이 있는데 이를 이름하여 동석(動石)이라 하는바, 그
우람한 모습이 보기에는 마치 수많은 사람을 동원한다 해도 이를
움직일 수 없을 듯한데, 한 사람만 흔들어도 돌이 움직이는바 고을
이름을 영암이라고 한 것은 바로 이 때문이다.'라고 말했습니다.

구정봉 정상을 오르기 위해서는 이유원의 말처럼 구멍(비좁은 바위
통로)을 지나야 합니다. 몸집이 큰 사람은 통과하기 힘들 정도로 입
구가 좁습니다. 이곳을 지나면 아찔한 낭떠러지가 정상까지 이어지
는데, 오를 때 몸을 낮춰 기다시피 해야 합니다. 아홉 개의 물웅덩
이가 있는 정상에 서면 사방으로 막힘이 없습니다. 북쪽으로 무등
산이, 남쪽으로는 두륜산이, 동쪽으로는 지리산이, 서쪽으로는 유
달산과 목포 앞바다가 보입니다. 날씨가 맑을 때는 제주도 한라산
도 보입니다. 천황봉과 향로봉을 잇는 능선 사이에 온갖 형태의 기
암괴석이 창검을 세워 놓은 듯 줄지어 서 있습니다. 크고 작은 바위
들은 두 손 모아 기도하는 부처의 모습을 닮았습니다. 그래서 월출
산을 천불산이라고도 부릅니다.

초의선사가 달을 보고 득도한 장소는 구정봉

조선 선비들의 월출산 유람기에 나오는 대부분의 산중 암자 역시

구정봉을 중심으로 산재해 있었던 것으로 짐작됩니다. 천황봉은 지나치게 높은 데다 물도 없고, 바람도 거센 까닭에 주변에 암자가 있을 턱이 없습니다. 그래서 월출산을 구경하다 해가 지면 구정봉 주변에 있는 암자에 들어가 하룻밤 유숙한 기록들이 많습니다. 월출산 유람기에 나오는 구정봉 주변의 암자 이름을 보면, 용암사, 동석사, 고산사, 백운암 등입니다.

초의선사가 19세 나이로 월출산에 올라 노닐다가 바다에서 떠오르는 달을 보고 깨달았다고 했는데, 그 장소는 틀림없이 구정봉이었을 겁니다. 이 험한 산에 올라 달오름만 보고 내려갈 수는 없었을 테니 틀림없이 근처 암자에서 유숙했겠지요.

구정봉에서 용암사지 마애여래좌상까지는 서북 방향으로 내리막길을 약 500m 정도 가야 합니다. 주 능선은 아니지만 제법 샛길이 뚜렷하게 나 있습니다. 주변 산세를 둘러보니 기암괴석과 소나무가 어우러져 절묘한 조화를 이루고 있는 데다 엷은 안개가 깊은 골짜기에 자욱합니다. 한 구비, 한 구비 내려갈 때마다 전혀 다른 풍광이 펼쳐집니다. 가지가 우산처럼 펼쳐진 소나무들이 즐비한 숲을 통과하니 평평하고 커다란 바위 하나가 기묘한 모습으로 서 있습니다. 바위 위에 서서 잠시 땀을 식히면서 사방을 바라보니 영암평야 너머로 멀리 영산강이 목포 앞바다로 한가롭게 흘러가는 모습이 보입니다. 다시 시선을 가까운 곳으로 돌려 살펴보니 용암사지 오층석탑(동탑)과 서탑이 숲속에 숨어 있습니다. 마애여래좌상이 가까운 곳에 있다는 증거입니다.

신비스러운 용암사지 서탑과 마애불:
용암사지 서탑 전경. 맞은편 절벽에 마애불이 보인다.

먼저 용암사지 서탑을 답사하기로 했습니다. 서탑은 마애불이 있는 곳에서 서쪽으로 약 150m 떨어져 있습니다. 사람들이 많이 다니지 않는 곳이라서 가는 길이 희미하고 비좁습니다. 무성한 숲길을 헤치고 한참을 가다 보면 문득 눈앞에 보고도 믿기 힘든 장면이 펼쳐집니다. 바로 바위 위에 위태롭게 서 있는 용암사지 서탑입니다. 자연 암석 위에 기단부 갑석과 1층의 탑신 그리고 3매의 옥개석이 남아 있습니다. 꽤 많은 석탑을 봐 왔지만 이렇게 희한하고 신비스러운 모습은 처음 보았습니다.

입을 딱 벌리고 여기저기 둘러보다가 문득 저 멀리서 누군가가 나를 바라보고 있는 듯한 묘한 느낌을 받았습니다. 고개를 들어 쳐다보니 사람 얼굴을 한 형상 하나가 아스라이 눈에 들어왔습니다.

'아니, 저게 뭐지?'

자세히 보니 절벽에 새겨진 마애불의 모습이었습니다. 순간, 머리를 망치로 한 대 맞은 느낌이었습니다. 마애불의 표정은 장엄하고 잔잔했지만, 한편으론 엄숙하고 진지해 보였습니다. 내 눈과 정면으로 마주친 마애불의 눈매가 매섭게 느껴졌습니다. 나의 심중을 한눈에 꿰뚫어 보고 있는 듯했습니다. 마애불은 나에게 이렇게 묻고 있었습니다.

"그대는 지금 제대로 살고 있는가?"

나는 그 질문에 대답하지 못했습니다. 한참 동안 서탑에 기대어 꾸중을 듣다가 직접 마애불에 다가가 대면하기로 마음먹었습니다. 용암사지 마애불은 이곳에서 10분 거리의 거대한 절벽에 거처를 마련하고 있습니다. 서탑에서 왔던 길로 조금 걸으니 솔가지 사이로 부처 형상이 또렷이 나타납니다. 거대한 바위에 웅장한 마애불이 단정히 앉아 우리가 다가오고 있는 것을 바라보고 있습니다. 아들의 눈이 휘둥그레졌습니다.

"우와, 엄청나게 크다!"

아들과 나는 할 말을 잃고 마애불을 쳐다보면서 한참을 그냥 서 있었습니다.

마애석불(마애불)은 말 그대로 '벼랑부처'란 뜻입니다. 바위산에 석굴을 파서 승원을 짓거나 탑당을 세우는 일은 원래 인도에서 시작되어 동쪽으로 전래되었다고 합니다. 그런데 우리나라의 바위는 성질이 무른 사암이나 석회암보다는 단단한 화강암이 대부분이어서 바위굴을 파는 것이 사실상 불가능했습니다. 그래서 바위 위에 양각(또는 음각)을 하여 불상을 표현하는 법을 택하였던 것으로 보입니다. 고려 시대에 전국적으로 유행했으며, 그 규모도 대형화되었습니다. 영암 월출산에만 해도 주암마을, 월암마을, 칠치폭포 아래, 문산재 등 곳곳에 여러 기가 조성되어 있습니다. 전설에 의하면 월출산에 18기의 미륵불이 조성되어 있다고 하는데, 일부만 발견되었습니다.

우리나라 국보 중 가장 높은 곳에 자리한 '하늘 아래 첫 부처', 용암사지 마애불

이 국보 제144호 용암사지 마애불은 통일신라 말에서 고려 초에 조성된 것으로 추정됩니다. 이 마애불 높이는 8미터가 넘는데, 우리나라 국보 중 가장 높은 곳에 자리합니다. 그래서 영암군은 '하늘 아래 첫 부처'라는 이름을 붙여 놓았습니다. 앉은 자세가 당당하고 표정이 근엄해 보이면서도 친근한 느낌을 줍니다. 얼굴이 두텁고, 귀는 늘어져 어깨에 닿으며, 두 눈은 일자로 크게 그려져 있습니다. 머리 위쪽 후광은 불꽃이 활활 타오르는 듯한 문양입니다. 이마에는 7개의 작은 구멍이 횡으로 나란히 나 있고, 머리 왼쪽과 오른쪽에는 두 개의 구멍이 뚫려 있습니다. 처음 조성되었을 당시 부처의 머리에 씌운 화관(花冠)을 고정했던 용도였을 겁니다. 서탑에 기대어 멀리서 바라볼 때는 경직되고 딱딱한 느낌이었는데, 눈앞에 마주 대하고 보니 전체적으로 후덕한 인상을 줍니다.

하늘 아래 첫 부처, 월출산 용암사지 마애여래좌상, 국보 제144호

저 까마득한 절벽에 매달려 누가 무엇을 염원하며 순결한 바위 가슴을 헤집고 정으로 쪼아 이토록 거대한 불상을 만들었을까요? 지심귀명례! 석공은 수년 동안의 헌신과 노력을 통해 미륵불을 절벽에 새긴 공덕으로 용화초회에 초대받아 향을 사르고, 미륵이 다스리는 세상에서 평화롭게 사는 꿈을 꾸었을 테지요. 영원을 갈구하는 사람들은 뭔가 모를 굉장한 힘이 있습니다. 그들은 늘 초인적인 힘을 발휘하여 보통 사람들이 '저건 불가능한 일이야'라고 말할 때 그것을 비웃기라도 하듯이 인간의 한계를 넘어섭니다. 사후세계를 믿고 영생을 꿈꾸는 사람들은 늘 신을 창조해 냅니다. 그리고 그럴싸한 형상을 만들어 놓고 날마다 접신합니다. 월출산은 영험하여 접신하기에 좋은 장소입니다.

용암사지 마애불은 서쪽 은적산과 영산강을 내려다보고 있습니다. 서쪽은 서방정토가 있는 서천(西天)을 바라보는 곳이며, 늘 저녁 노을을 대면하는 방향입니다. 도선국사가 국토의 균형을 잡기 위해 전라도에 바위 암(岩) 자가 들어가는 세 개의 암자를 지었다고 합니다. 호남 동쪽 조계산에 선암사를, 백운산에 운암사를 세워 동트는 새벽 기운을 받아들이도록 했다면, 이곳 서쪽 월출산에는 용암사를 세워 서천의 저녁 기운을 영접하려 했을지도 모릅니다. 사실 아침 보다는 저녁이 평안하지 않습니까?

한편, 서해가 한눈에 내려다보이는 위치에 조성된 것으로 보아, 바닷길의 안녕을 기원하는 의도가 담겨 있는 불상이 아닌가 싶습니다. 초의선사가 월출산에 올랐을 당시 이 마애여래좌상 앞에서 두 손을 모으고 기도를 올렸으리라 짐작합니다. 나 역시 참외와 복숭아 한 개를 마애여래좌상 앞에 올리고 아들과 함께 온 누리의 안녕과 평화를 염원하는 기도를 올렸습니다.

월출산은 원래 바닷가 산

월출산은 원래 바닷가 산이었습니다. 영암읍에 가까이 자리 잡은 덕진포와 구림마을의 상대포는 옛날부터 중국과 일본으로 통하는 해상 통로로 이름난 포구였습니다. 하지만 일제 강점기 말에 시행된 서호강 간척 사업과 1981년 완공된 목포와 영암을 잇는 영산강 하굿둑 공사로 말미암아 월출산 발등을 간질이던 바닷물은 저 멀리 멀어져 가 버리고, 개펄이 있던 그 자리에는 광활한 영암평야가 자리를 잡았습니다.

초의선사가 활약하던 19세기의 월출산 주변 풍경은 당연히 지금
과 달랐습니다. 바다가 육지로 변했으니 벽해(碧海)가 상전(桑田)이
라 해야 옳을 것입니다. 초의선사는 무안 삼향면에서 태어나 성장
하다가 15세 때 나주 다도면 운흥사로 출가하여 벽봉선사에게 가르
침을 받았습니다. 초의선사는 19세가 되던 해에 바닷가에 위치한
호남의 금강산이라 일컬어지는 월출산에 올랐습니다. 조선 후기 무
신이자 외교관인 신헌(1810~1884)이 쓴 『초의대종사탑비명』에는 이
때 초의스님의 행적이 자세히 묘사되어 있습니다.

"19세 때 월출산에 올라갔다가 보름달이 바다에서 솟는 것을 보
고, 가슴에 막힌 것이 다 풀어지는 것처럼 황홀하였다. 이후로 만
나는 것들에게 마음에 걸리는 것이 없었다."

초의선사가 보았던 것은 서해에 비친 달의 그림자

신헌이 쓴 저 비명(碑銘)을 여러 번 읽어 보았습니다. 읽으면서 늘
한 가지 경이로움과 또 한 가지의 의문을 동시에 느낍니다. 19세 나
이에 세상을 달관한 경지에 이르렀다는 대목을 읽을 때 어느 누가
경이로움을 느끼지 않을 수 있겠습니까? 불혹을 넘긴 이 나이에도
앞을 제대로 못 보고 안개 속을 걷는 듯 세상살이가 답답한데, 저
약관의 청년이 얻은 깨달음의 정도를 헤아려 볼 때 한편으로는 경
이롭고 또 한편으로는 부끄러운 마음이 듭니다. 월출산에서 뜨는
달이 가장 잘 보이는 마을에서 태어나 여태껏 살면서 세상의 이치
를 깨치는 일이 어찌 이리 더딜까요? 월출산 달을 수십 년 동안 보
고 살았으니 이제 한 소식 깨칠 때도 되었는데 말이지요.

한편 신헌이 쓴 비명 중 「망견만월출해(望見滿月出海)」라는 대목이 있습니다. "보름달(滿月)이 바다에서 솟는 것을 보다"라고 했는데, 월출산이 위치한 지리적 측면을 고려해 볼 때 잘 이해가 되지 않습니다. 잘 알다시피 보름달은 항상 저녁 6시 무렵에 동쪽에서 뜹니다. 그런데 월출산 동쪽에는 바다가 없습니다. 월출산 주요 능선에 자리한 천황봉과 구정봉에서도 그렇고, 주릉의 한 갈래인 용암사지 마애여래좌상 앞에서도 그렇고, 바다는 서쪽으로 내려다보입니다. 따라서 월출산 능선에서 서해 위로 떠오르는 보름달을 보는 것은 불가능합니다. 보름달이 동쪽에서 떠서 월출산 천황봉과 구정봉을 넘어 서해 바다에 비치는 시각이 되려면 한밤중이 되어야 합니다. 따라서, 초의선사가 월출산 봉우리에서 바라본 보름달은 바다에서 떠오른 달이 아니라 서해에 비친 달의 그림자였던 것입니다.

그렇다면 초의선사는 늦은 시간까지 월출산 구정봉 부근에서 달 구경을 하다가 문득 깨달음을 얻었던 것으로 보입니다. 밤에 산봉우리에 머물면서 달구경을 할 수 있었던 것은 월출산 구정봉 근처에 크고 작은 암자가 여러 개 있었기 때문입니다. 옛 선비들의 시(詩)나 기행문을 보면 그중에서도 특히 용암(龍庵)에 대한 내용이 가장 많고 또 가장 상세하게 설명이 되어 있습니다. 초의선사보다 약 200여 년 앞서 이곳에 올랐던 선비들 가운데 정상과 김태일의 산행기 일부를 보면 그 당시 용암을 잘 이해할 수 있습니다. 두 사람 모두 용암에서 서해가 한눈에 내려다보이며 말 그대로 선경이라고 묘사했습니다.

조선 중기 호남에서 가장 훌륭한 암자, 용암사

나주 사람 정상(1533~1609)은 조선 중기 문인으로 임진왜란 때 정운, 송희립 등과 함께 충무공 이순신 장군의 휘하에서 싸웠던 인물인데, 1604년(선조 37) 4월 70 나이의 노구를 이끌고 월출산 용암사로 향했습니다. 그는 임진왜란이 끝난 후 새로 지은 용암(龍庵)이 호남에서 가장 훌륭하다는 말을 듣고 산행을 결심했습니다. 그는 용암을 방문한 후 「월출산유산록」에 그 풍경을 이렇게 표현했습니다.

> "용암 서쪽에 서해가 펼쳐지고, 천 리 밖이 한눈에 들어와 크고 작은 섬들이 어슴푸레 보여 창에 기대어 휘파람을 부니 유쾌하기가 이루 말할 수 없었다."

한편, 영암군수를 지낸 조선 후기 문신 노주 김태일(1637~1702)은 『유월출산기』에서 '용암사(龍巖寺)는 산 위의 구룡봉 아래쪽에 있는데, 바위를 뚫어 공중에 나무를 걸쳐 10여 칸을 얽었다. 앉아서 둘러보니, 전후좌우에 암석 봉우리와 우뚝한 바위들이 기괴하지 않은 것이 없었다. 서북쪽으로 멀리 바라보니 드넓은 바다가 산 바깥을 빙 둘러 있는데, 섬들이 망망한 바다의 곳곳에 떠 있었다.'라고 묘사하고 있습니다. 두 분의 산행기 내용만 봐도 월출산은 서쪽 바다를 끼고 있는 것을 알 수 있습니다.

이제 건물은 사라졌지만 터는 온전히 보존된, 그 용암사지로 향합니다. 마애여래좌상에서 조릿대가 무성하게 우거진 길을 따라 조금 내려가면 암자 터가 나옵니다. 너른 터는 아니지만 규모가 아담하고 짜임새가 있어 보입니다. 무너진 축대와 주춧돌이 나뒹굴고 있는 모습이 보기 안타깝습니다. 암자 터 동쪽 큰 바위 아래 작은 샘이 하나 있습니다. 안을 들여다보니 바위에서 흘러나온 맑은 물이 가득 고여 있습니다. 용암사 스님들은 당시에 이 물로 밥을 짓고 차를 달였을 겁니다. 샘 오른편 50보 정도의 거리에 작은 봉우리로 올라가는 돌계단이 나 있습니다. 이 돌계단을 오르면 오층석탑이 나옵니다. 이 탑을 용암사 동탑이라고 부릅니다. 발굴 과정에서 부처님의 진신사리가 32과나 출토되어 지금 도갑사 성보박물관에 보관되어 있습니다. 이 탑은 월출산 경포대 입구에 있는 월남사 오층석탑의 양식과 흡사합니다. 다만 크기만 다를 뿐이지 형태와 질감이 많이 닮아 있는 것으로 보아 조성 연대가 비슷할 것으로 보입니다.

용암사 터와 동탑 전경

잠시 동탑에 기대어 생각에 잠겼습니다. 천황봉, 구정봉, 향로봉, 비로봉, 서석봉, 깃대봉, 노적봉을 뒷배경으로 하고 탁 트인 서해를 정면으로 굽어보는 자리에 세워진 용암사의 옛 영광을 눈을 감고 떠올려 보았습니다.

'옛 선사들은 이곳에서 불경을 읽고 참선을 하고 향기로운 작설차도 마셨으리라. 풍류를 아는 선비들이 찾아오면 산나물 몇 가지로 차린 정갈한 밥상을 대접했으리. 영산강, 주룡강 굽이쳐 흐르는 서해로 해가 기울고 달이 기우는 밤이 오면 차 한잔, 곡차 한잔 서로 나누며 새벽이 올 때까지 담소를 나누었겠지. 19세 약관의 청년 초의선사도 월출산의 신령스러운 기운에 이끌려 달빛을 등불 삼아 이 용암까지 내려왔으리라. 한밤중에 적요(寂寥)한 암자에 찾아든 젊은 객승, 초의. 달 뜨는 산에 와서 바다에 비치는 달빛을 보고 문득 홀연히 깨달아 대자유인이 된 이 젊은 스님을 용암의 스님들은 어떻게 맞이했을까?'

초의선사는 잠시 월출산 도갑사에 머물러 수도 정진했던 것으로 전해집니다. 여기서 북쪽 능선을 타고 가다가 미왕재 억새밭에서 서쪽 홍계골을 따라 십여 리 내려가면 도갑사에 도착할 수 있습니다. 아들과 함께 오던 길로 돌아가며 다음 도갑사 답사를 기약했습니다. 맑은 경포대 계곡물이 하산할 때까지 졸졸 따라왔습니다. 아마도 산과 마애불에 대해 예의를 갖춘 우리 부자가 마음에 들었나 봅니다.

다시 땅끝에 섰습니다

　왠지 마음이 쓸쓸하고 허전할 때, 뭔가 생각을 정리해야 할 필요를 느낄 때, 산다는 일이 허무하게 느껴질 때, 알 수 없는 것에 대한 동경과 그리움으로 까닭 없이 신열이 오를 때, 나는 거의 본능적으로 땅끝마을을 떠올리는 습관이 있습니다. 그리고 일단 땅끝 풍경을 머릿속에 그리는 날이면, 어쩔 수 없이 그곳을 향해 여행을 떠납니다. 그래서 한반도 최남단에 있는 땅끝마을을 한 해에도 몇 번씩 다녀오곤 합니다.

　이슬람교도들이 메카를 향해 고행의 발길을 재촉하고 기독교인들이 예루살렘을 향해 성스러운 예배를 드리는 것처럼, 땅끝마을 여행은 내면으로 통하는 길을 찾기 위해 떠나는 일종의 성지 순례와 같은 여정입니다. 내가 사는 영암에서 해남 땅끝마을까지 가는 길은 크게 두 가지가 있습니다. 하나는 월출산 밤재, 강진 계곡, 해남 옥천 우슬재, 송지 송호리 해수욕장을 지나 큰 언덕을 넘어가는 길이 있고, 다른 하나는 월출산 불티재, 강진 월남, 성전, 석문계곡, 도암, 북일을 지나 남창 삼거리에서 통호로 빠지는 길을 택하여 달마산 뒤편을 돌아가는 길이 있습니다. 어느 쪽으로 가든 산과 들과 바다를 번갈아 볼 수 있어서 지루할 틈이 없습니다.

해남읍을 지나 송호리 해수욕장을 지나는 길목에는 드라마 〈허준〉을 촬영하느라 만들어 놓은 세트장이 있습니다. 몇 채의 초가집과 정자가 지어져 있는데, 언덕 위에 자리한 조그마한 정자에서 바라보는 바다 풍경이 일품입니다. 또 〈허준〉 촬영지 바로 옆 마을에는 현대판 '모세의 기적'이 하루에 한 번씩 일어나는 갯벌이 있습니다. 근래에 와서 '갯벌 체험 학습장'으로 각광을 받고 있습니다. 주말이면 수백 명의 관광객이 방문하여 문전성시를 이룹니다. 울창한 소나무 숲과 넓은 백사장이 어우러진 송호리 해수욕장은 길손의 발걸음을 잡아끄는 매력이 있습니다. 특히 하얀 모래사장과 푸른 바다를 배경으로 펼쳐지는 저녁노을을 소나무 기둥 사이로 바라보는 일은 땅끝 여행의 백미입니다. 땅끝마을에서 돌아올 때 일부러 이 일몰 시간대를 맞추는 습관을 갖게 되었을 정도입니다.

서녘 바다 위로 장엄하게 펼쳐지는 황혼을 본 적이 있는 사람이라면, 적어도 그 순간만큼은 겸손해질 수밖에 없을 것입니다. 일출이 아름다운 것 못지않게 일몰 또한 아름답습니다. 이것은 곧 인생의 시작과 끝, 탄생과 죽음의 모습이 다르지 않다는 것을 의미합니다. 삶의 마지막 모습이 지는 해처럼 아름다울 수 있다는 것을 안다면 허무주의에 빠져 허우적거릴 이유도, 나이 들어 죽는 것을 두려워할 까닭도 없을 것입니다. 그렇습니다. 우리는 모두 이 불확실하고 부조리한 이승에서 온전한 모습으로 살다가, 저 장엄한 석양처럼 품위 있게 사위어 가고 싶은 것입니다. 그래서 사람들은 여름날 오후가 되면 모두 황혼을 보러 집을 나서는 것인지도 모르겠습니다. 자신들의 황혼의 모습도 그러하길 바라면서 말이지요.

땅끝마을 뒷동산을 사자봉이라고 하는데, 이곳에서 사방을 바라보는 맛이 일품입니다. 보길도, 노화도, 어룡도, 흑일도가 한눈에 보이고, 날씨가 좋을 때는 멀리 한라산까지 바라다보입니다. 북쪽으로는 백두대간이 태백산맥과 소백산맥을 거쳐 숨 가쁘게 달려오다가, 반도의 끝에서 마지막 용틀임을 하여 솟구친 달마산이 보이고, 동·남·서쪽으로는 크고 작은 섬으로 이루어진 다도해가 한눈에 들어옵니다. 그러나 사자봉 주차장에서만 주변 풍광을 둘러보고 발길을 돌린다면, 진정한 땅끝의 고갱이를 만나 보지 못하고 가는 것입니다. 봉우리 꼭대기에 돌로 쌓인 봉화대가 있었는데, 지금은 그 자리에 현대식 전망대가 설치되어 있습니다. 편의 시설을 잘 갖추어 놓았는지는 모르지만, 운치는 예전 같지 않습니다.

주차장에서 이 전망대까지 가는 길이 그나마 운치가 있습니다. 작달막한 참나무와 소나무가 우거진 오솔길로 계단이 설치되어 있습니다. 거리는 그다지 멀지 않아서 10분 정도 발품을 팔면 목적지에 도착합니다. 산비탈 아래에서 찰싹거리는 파도 소리를 들으면서 걸어가는 재미가 쏠쏠합니다. 전망대에 도착하여 한숨 돌린 후, 반드시 '땅끝비'를 보러 비탈길 아래로 내려가야 합니다. 좁은 오솔길을 따라 조금 내려가면, 바닷가 바위 위에 세워진 땅끝비가 어렴풋이 보입니다. 계단을 내려가는 도중에 가끔 발걸음을 멈추고, 바다 위에 점점이 떠 있는 섬들을 나뭇가지 사이로 엿보았습니다. 솔바람 소리와 파도 소리가 들려오나 싶더니, 이내 아우성치듯 살아온 지난 세월의 탄식 소리도 함께 들려옵니다. 부끄러운 마음으로 무거운 발걸음을 옮기면, 마침내 사각뿔 형태의 땅끝비가 날렵한 자태를 드러냅니다. 이곳이 바로 대한민국 국토의 최남단입니다. 비를 자세히 들여다보면 전면에 손광은 시인이 쓴 아름다운 시(詩)가 한 편 음각되어 있습니다.

> 이곳은 우리나라 맨끝의 땅, 길손이여, 한 가슴 벅찬 마음 먼발치로 백두에서 토말까지 손을 흔들게. 수만 년 지켜 갈 땅끝에 서서, 꽃밭에 바람일 듯 손을 흔들게.

올 때마다 몇 번씩 읽어 보는 시지만, 읽을 때마다 느낌이 새롭고 찌릿한 감동이 옵니다. '백두에서 토말까지 손을 흔들게'라는 대목을 읽을 때는 나도 모르게 가슴이 벅차오르고 눈시울이 뜨거워집니다. 세계 지도를 놓고 보면 협소하기 그지없는 땅, 한반도. 그리고 외세에 의하여 분단된 반쪽의 땅. 그 반쪽의 육지가 남쪽으로의 여행을 계속하다가 마침내 바다를 만나 간신히 헐벗은 가슴을 드러내 놓은 이 외진 장소에 통일의 염원을 담은 시가 새겨져 있습니다. 그 염원이 현실로 다가올 날은 언제일까요?

누군가는 말했습니다, "여행은 돌아옴을 전제로 하는 것"이라고. 옳은 말입니다. 그리고 여행은 또 다른 자신을 찾아 밖으로 떠나는 일이기도 합니다. 그러나 밖으로 떠나는 길 위에서도 틈틈이 명상에 잠기지 않으면 안 됩니다. 명상은 안에 있는 나를 만나러 가는 통로이기 때문입니다. 우리는 밖에서만 머무를 수도, 안에서만 머무를 수도 없습니다. 그러니 걸으면서 명상에 잠기고, 명상하면서 걸을 수밖에 없습니다. 이제 더는 땅 위로 걸어갈 수 없는 지점까지

왔습니다. 다시 왔던 길로 되돌아가야겠지요.

그러면 여기까지 왔다 가면서 나는 무엇을 얻었을까요? 아무런 인적이 없는 이 땅끝 바닷가에 왜 홀로 서 있었던 것일까요? 이번 땅끝 여행을 통해서 나는 과연 또 다른 나를 만나고 있었던 것일까요?

지명 속에는 역사성과 예언성이 들어 있다

영산강을 가로질러 영암과 무안을 잇는 다리 이름을 놓고 지금 논의가 한창입니다. 우리 군에서 군민 의견을 수렴한다고 하니 영암 군민의 한 사람으로서 미력하나마 소견을 피력해 볼까 합니다. 다리 이름을 거론하기 전에 먼저 전남 도청이 남악 회룡리에 세워진 지리적 환경을 살펴보도록 하겠습니다. 잘 아시다시피 남악(南岳)은 북악(北岳)에 대응하는 지명입니다.

북악은 서울 경복궁 북쪽에 위치하며 인왕산과 더불어 수도 서울을 상징하는 지명입니다. 북악은 말 그대로 '북쪽의 큰 산'을 뜻하는 것으로, 한반도 북부 지역, 더 나아가 동북 대륙을 향해 뻗어 나가는 기상을 대표하는 지명입니다. 풍수학자인 최창조 교수는 북악에 상응하는 지역으로 전라남도의 남악을 꼽았습니다. 그는 북악이 대륙을 관장하는 역할을 하는 곳이라면, 남악은 남쪽 바다, 즉 해양을 경영하는 역할을 하는 곳이라고 주장합니다. 수려한 경관과 광활한 수산 자원과 뱃길이 있는 남해를 경영하기 위해서, 그리고 통일 이후 대한민국이 저 광대한 대양으로 뻗어 나가기 위한 포석으로 이곳 남악에 생태 행정 도시를 건설해야 한다는 주장입니다. 최창조 교수 이야기를 더 들어 보면, 남악은 목포 유달산, 무안 승달

산, 영암 선황산, 세 산의 중심에 위치하므로 유·불·선 삼도가 회통하는 자리라고 합니다. 남악 신 도청이 들어선 곳에 오룡산(五龍山)이라는 이름을 가진 산이 있습니다. 그리고 오룡산 아랫마을 이름이 회룡리(回龍里)입니다. 다섯 마리의 용이 구슬을 다투다 되돌아오는 땅이라는 뜻입니다. 이와 같은 풍수지리적 상징은 남악 회룡리에 도청이 들어선 당위성을 뒷받침합니다.

남악 신 도청 앞을 흐르는 영산강은 선사 시대 사람들의 생활 근거지이자 고대 왕국의 터전이었고, 대륙과 일본으로 통하는 해상 항로였습니다. 영산강 하굿둑을 건설하는 바람에 옛 영화를 잠시 잃었지만, 이제 '후천개벽' 시대를 맞아 부활할 때가 된 것입니다. 여기서 말한 '후천개벽'은 일부 종교인들이 말하는 세상의 종말을 뜻하는 말이 아닙니다.

지금까지 성했던 것(양)들이 점차 쇠하고, 지금까지 천대받고 움츠러들었던 것(음)들이 성하여진다는 뜻입니다. 즉, 양지가 음지로 변하고 음지가 양지로 변한다는 뜻입니다. 지금까지 영산강 주변의 지역과 사람들이 얼마나 많은 오해와 설움을 받아 왔습니까? 호적까지 바꿔 가며 남도 사람이라는 것을 감춰야 했던 시절이 불과 몇 십 년 전이었습니다. 하지만 21세기를 맞이하면서 인식의 패러다임이 변하고 있습니다. 우리 남도는 이제 깨끗한 자연과 문화가 살아 숨 쉬는 새로운 기회의 땅으로 인식되고 있습니다. 불의와 타협하지 않고 의연히 맞서 싸운 불굴의 저항 정신은 많은 사람들의 존경과 찬사의 대상이 되고 있습니다.

지금까지 여러 가지 면에서 차별받으며 살아온 여성들의 지위에도 커다란 변화가 생겼습니다. 가부장적 색채가 강했던 호주제가 폐지되었고, 여성들의 사회 진출도 활발해지고 있습니다. 우리 사회 시스템도 점차 투명해지고 있습니다. 공직 사회를 보면 알겠지만, 요즘 얼마나 행정 절차가 투명해지고 간결해졌습니까? 권위주의적인 태도가 거의 사라졌습니다. 이런 징후들이 바로 '후천개벽' 현상입니다. 힘이 약한 사람이 억울한 일을 당하지 않고, 시민들의 권리와 인권이 보장받는 사회로의 전환, 이것이 바로 개벽이 아니고 무엇이겠습니까. 남도의 외지고 버려진 땅 남악 회룡리에 도청이 들어선 것 또한 같은 맥락으로 볼 수 있을 것입니다.

위에서 말한 역사성 이외에도 우리가 눈여겨봐야 할 중요한 것이 또 하나 있습니다. 그것은 지명의 예언성입니다. 은적산 아래 강가에 고즈넉하게 자리 잡은 작은 마을이 하나 있습니다. 청년 시절부터 비포장도로일 때 오토바이를 타고 자주 들렀던 마을인데, 미교(美橋)마을이라는 이름을 볼 때마다 의아스러운 생각을 했었습니다. 도대체 다리가 없는데, 어찌하여 마을 이름은 '아름다운 다리'일까? 그 의문점이 몇 년 전에 풀렸습니다. 미교마을 앞에 아름다운 다리가 건설되리라는 것을 선조들은 이미 잘 알고 있었던 것입니다.

한편, 미교마을 아래에 미교포가 있었고, 미교포에 있던 미교나루를 '주룡나루'라고도 불렀습니다. 그런데 무안에 속한 강 건너 맞은편에도 주룡포가 있습니다. 주룡포는 불과 30년 전까지만 해도 무안 일로와 영암 독천의 우시장을 왕래하던 상인들이 많이 이용했

던 나루였습니다. 영암군 미교마을 주룡나루와 무안군 주룡포 주룡
나루는 같은 이름으로 불리었던 것입니다.

　이처럼 영산강을 사이에 두고 같은 이름을 가졌던 나루가 또 하
나 있습니다. 그것은 무안군 몽탄과 영암군 시종을 연결하는 '몽탄
나루'입니다. 무안군 몽탄면은 주로 옹기와 분청사기를 생산하던
지역입니다. 지금도 옹기와 도자기가 생산되고 있지요. 몽탄에서
생산된 옹기는 몽탄나루를 통하여 영암 지역으로 물류 이동이 이루
어졌습니다. 무안 '몽평요'에 가면 몽탄나루에서 나룻배로 옹기를
실어 나르는 사진이 걸려 있습니다. 몽탄과 시종을 연결하는 다리
이름은 두 지역을 아우르는 '몽탄나루' 이름을 따서 당연히 '몽탄교'
라고 명명되었습니다. 이처럼 영산강을 사이에 두고 영암과 무안
지역이 서로 다른 나루터를 똑같은 이름으로 사용했다는 것은, 두
지역 주민들이 정서적·경제적으로 아주 밀접한 관계를 맺고 있었다
는 사실을 말해 줍니다. 다시 말해서, 영산강은 영암과 무안을 나누
는 경계가 아니라 함께 더불어 살아가는 '공존의 터'였던 것입니다.

　다시 본론으로 돌아가, 미교마을과 주룡포 상사바위 아래를 흐르
는 지역을 '주룡협곡'이라고 부릅니다. 강폭이 좁아지면서 물살이
빠르게 흐르는 지역입니다. 영산강 하굿둑을 막기 전에 큰비가 내
리면 상류에서 시뻘건 황토물이 밀려 내려옵니다. 밀물 때가 되면
목포 앞 바닷물이 강물을 밀고 들어와서 푸른 바닷물과 시뻘건 황
토물이 부딪치게 되는데, 그 모습이 장관이었습니다. 구불구불한
강줄기를 타고 흐르는 모습이 붉은 용을 연상시킨다고 해서 '주룡

협곡(朱龍峽谷)’이라고 불리었던 것입니다. 내가 초등학교 다닐 때까지만 해도 여름 장마가 지면, 지금의 서호강은 물론 몽해들까지 붉은 황토물로 뒤덮였습니다. 철없던 우리들은 홍수가 진 논에서 수영을 하고 놀았었지요. 과연 선조들의 예언대로, 영암 미교마을 주룡나루와 무안 주룡마을 주룡나루를 연결하는 ‘아름다운 다리’를 건설하고 있습니다.

그런데 초기부터 다리 이름을 놓고 이견이 분분하고 있습니다. 만일 ‘무영대교’로 이름을 정한다면 영암 지역민들이 반발할 것이고, ‘영무대교’로 한다면 무안 지역민들이 반발할 것입니다. 서로 자기 지역 이름의 첫 글자를 앞에 두고 싶어 하기 때문이지요. 위에서 말한 대로 영산강은 원래 영암과 무안을 딱 둘로 나누는 경계가 아니라 두 지역 주민들이 서로 협력하면서 조화롭게 공존했던 생활 터전이었습니다. 영산강을 사이에 두고 양쪽 지역에 같은 이름을 가진 ‘주룡나루’가 있다는 것을 상기해 보면 쉽게 이해할 수 있지 않습니까? 역사성을 따져 보아도 그렇고, 지리적인 특성을 따져 봐도 그렇습니다. 영암과 무안의 협력과 공생을 의미하는 ‘주룡대교’를 다리 이름으로 정하는 것이 가장 합당하다고 판단합니다.

‘무영대교’는 지역성을 띠는 이름이긴 하지만, 감정적인 대립을 불러일으키는 이름이며 또한 역동성이 없습니다. 그리고 다섯 마리의 용이 돌아오고 오행이 상생하는 터, 남악 오룡산 회룡리와 연관 지어 생각해 봐도 역시 ‘주룡대교’가 더 어울리는 이름입니다. 비단 전라남도의 미래뿐만 아니라 통일 한국의 미래를 이끌어 갈 남악에

다섯 마리의 용이 이 '주룡대교'를 타고 돌아왔으면 좋겠습니다. 이
름이 곧 미래입니다.

세상의 평화를 원한다면 내가 먼저 평화가 되자

수년 전에 도법 스님이 '생명평화 탁발 순례단'을 이끌고 우리 영암 고을에 도착하여 모정마을에서 하룻밤을 묵어 간 적이 있습니다. 당시에 도법 스님은 많은 사람들과 함께 모정마을 앞 들녘과 영산강 길을 걸으며 세상의 평화와 안녕을 기원했습니다. 저녁에는 우리 집 앞 초등학교 폐교에 깃든 예술인촌 '달터'에서 정리 모임을 열고 참석한 사람들과 진지한 대화를 나누었습니다.

그 자리에서 도법 스님은 이렇게 말했습니다.

"개인이 평화롭지 못하면 세상도 평화롭지 못합니다. 개인의 생명이 위태로우면 세상의 생명도 위태롭습니다. 세상의 평화를 원한다면 내가 먼저 평화를 되찾아야 합니다. 나눔과 모심의 정신이 중요합니다. 한 사람을 만날 때나 한 물건을 대할 때도 감사의 마음을 담아 정성으로 모시고 아껴야 합니다. 현재 살아가고 있는 모습을 통해 부단히 자기 성찰을 이룬다면, 그것이 바로 내면의 진정한 평화입니다.

자본과 소비의 높은 파도가 온 세상을 뒤덮고 있는 현실에서 지구는 더 이상 지속 가능한 곳이 못 됩니다. 자원은 고갈되고 생태계는 파괴될 것입니다. 인간은 지구의 모든 자원을 다 소진하여 후손들에게 재앙만을 남겨 주게 될 것입니다. 더 이상의 환경 파괴를 막고 생명과 평화를 존중하며 살아갈 수 있는 방법은 무엇인가? 대안은 있는가? 가능한 많은 젊은이들이 농촌으로 돌아와 친환경 농사를 짓는 것입니다. 그것이 한 방법일 수 있습니다.”

저녁 토론 시간에 나는 이런 질문을 던졌습니다.

“그런데 지금 순간에도 젊은이들은 농촌을 떠나 도시로 향하는 열차에 몸을 싣고 있습니다. 아이들 교육 때문에, 문화적 욕구 때문에, 생계 문제 때문에 그렇습니다. 사회적 약자들을 배려해 주는 사회 안전망은 많이 부실하고, 아직도 구조적인 모순들이 구석구석에 남아 있습니다. 청년 실업률은 갈수록 높아지고, 젊은이들은 미래의 불확실성 때문에 아이를 낳지 않으려고 합니다. 이대로 간다면 우리 사회는 급속도로 노령화될 것이고 나중에는 후손들이 없어질 것입니다. 아이들이 없는 세상에 미래가 있을 수는 없습니다. 후손들이 없다면, 이런 생명 평화 운동 노력이 무슨 의미가 있겠습니까?”

도법 스님은 이렇게 답했습니다.

“지구가 부양할 수 있는 인구는 15억 정도입니다. 지금은 60억을 넘어서고 있습니다. 가히 인구 폭발입니다. 사회 시스템을 효율적인 것으로 바꾸는 일은 중요합니다. 하지만 사회 구조만 바뀐다고 해서 세상이 바뀌는 것은 아닙니다. 우리나라가 1970년대, 1980년대 독재정권과 싸울 때는 세상의 틀을 바꾸는 것이 목표였습니다. 그래서 엄청난 성과를 이룩했습니다.

하지만 이제는 사회 구성원 개개인들이 스스로 내재하고 있는 맑은 영성을 깨우쳐 생명의 존귀함을 깨닫고 개인과 이웃의 평화를 추구할 때입니다. 언제까지 남 탓만 하고 있을 것입니까? 변화는 나 자신으로부터 시작해야 합니다. 상대적 비교에 의한 박탈감을 극복해야 합니다. 농촌이 도시보다 못할 이유가 없습니다. 우리는 지역마다 문화 공동체를 만들어야 합니다. 나아가 마을 곳곳에 그 지역의 특성을 살린 지역 대학을 만들 필요가 있습니다. 이 대학은 마을 주민들이 직접 참여하여 만들어 가는 형태여야 합니다.

실업 문제도 마찬가지입니다. 도시 중심적 사고방식, 기계 문명 중심적 가치관을 버리지 않는 한 실업은 해결될 수 없습니다. 실업은 사회 문제임과 동시에 개인의 양심과 가치관의 문제입니다. 지나친 도시 중심적 사고방식 때문에 상황이 더 악화되고 있습니다. 도시 젊은이들은 일자리가 없다고 아우성치지만, 오히려 지금 농촌은 일할 젊은이들이 없어서 피폐해져 가고 있지 않은가요?"

밤이 깊어져서 토론 도중에 집으로 왔습니다. 무수한 별들만 뚜렷하게 빛나는 한밤중에 이팝나무 아래 바위 위에 앉아서 곰곰이 생각에 잠겼습니다. '젊은이들이 아이를 낳지 않으려는 것에 대해서는 생각이 좀 다르지만, 도법 스님 말씀이 몇 번을 생각해도 옳다.'

지난 세월 우리 국민은 엄청난 일을 해냈습니다. 눈부신 경제 성장과 민주주의를 동시에 이루어 냈습니다. 선거를 통하여 정권 교체를 이루어 냈고, 언론의 자유를 성취해 냈으며, 또한 IT 강국을 만들었습니다. 사회 제도 또한 많이 개혁되었습니다. 이것은 세계 대전 이후 세계 어떤 나라에서도 보기 힘든 대단한 일입니다. 3세계 국가들의 모범이 되고 있으며, 그들의 부러움을 사고 있습니다.

그러나 사회 제도가 바뀌고 언론이 자유화되었는데도, 정치와 사회 영역에서의 부조리는 마르지 않는 샘물처럼 끊임없이 일어나고 있습니다. 경제 성장에도 불구하고 빈부의 격차는 더욱 심해지고, 자연 생태계와 환경은 점점 더 파괴되고 있습니다. 대도시 인구 집중으로 농촌은 쇠락하고 있으며 국토의 불균형은 더욱 심화되고 있습니다. 남북 간의 불화와 군비 경쟁으로 적대적 긴장감은 더욱 고조되고 있습니다. 나아가 전쟁에 대한 불안감은 국민들의 정신 건강마저 위협하고 있습니다. 경제가 발전하고 속도가 빨라졌는데도 불구하고, 사람들은 왠지 그에 걸맞은 행복감을 느끼지 못합니다.

지나친 경쟁과 인간 소외는 정서적 불안으로 이어져 우울증의 주요한 원인이 되고 있습니다. 아무리 사회 제도가 개혁된다고 해도 그것을 운용하는 주체는 개인입니다. 개인이 청렴하지 못하다면 그 시스템이 제대로 운영될 수 있을까요? 세상은 변하고 있는데, 개인이 그 변화를 따라가지 못하고 있습니다. 우리 사회에는 21세기에 살고 있으면서도 구시대의 부조리한 관행을 떨치지 못하고 변화에 적응하지 못하는 개인들이 많습니다. 다시 생각해 봐도 도법 스님의 말씀이 옳습니다. 불합리한 사회 구조를 바꾸고 개혁하는 일은 두말할 필요도 없이 중요합니다. 그리고 그것 못지않게 개인의 참된 영성을 개발하고 자기로부터의 개혁을 지향하는 일 역시 중요합니다. '세상이 살 만한 것이 되기 위해서는 그 두 가지가 동시에 이루어져야 한다.'

마당 앞 이팝나무 아래 앉아서 다시금 나 자신을 돌아보았습니다. '저들은 저렇게 세상을 구하기 위해 애쓰고 있는데, 나는 무엇을 하며 살고 있는가?' 여느 이웃들과 마찬가지인 평범한 일상을 영위하고 있습니다. 텃밭에서 채소를 가꾸고, 산에 가서 찻잎을 따다가 차를 만들고, 아이들을 키우고 또 가르치고, 아픈 어머니를 봉양하고, 사랑하는 고향 마을을 지키며 이웃들과 고락을 함께하고 있습니다. 가끔 하찮은 일만 하고 산다고 스스로 부끄럽게 여기던 때가 있었는데, 도법 스님 말씀을 들어 보니 이런 작은 일들도 더없이 소중한 일일 것이라는 생각이 듭니다. 우리는 가까이에 있는 소중한 것들을 잊고, 늘 크고 멀리 있는 이상을 찾아 헤매는 경향이 있습니다. 하지만 작고 시시한 것으로 생각했던 일상들이야말로 세상을 지탱하는 가장 크고 중요한 근본 바탕입니다.

생각을 바꾸면 세상이 달리 보인다고 했습니다. 도법 스님의 말씀은 다른 것이 아니었습니다. '우리는 이미 우리 몸속에 충만한 생명과 평화의 기운을 간직하고 있고, 그 기운을 생각과 행동과 말을 통해 세상에 펼쳐 나가야 한다.' 생명수 같은 말씀입니다. 그 말에서 다시 새롭게 시작할 힘과 용기를 얻습니다. 이팝나무 가지 사이로 별들이 유난히 반짝입니다.

Part III
가을

그리운 친구에게

　요즘은 날씨가 맑아 밤하늘에 별들이 참 많아. 생각나니? 우리 어린 시절, 모정마을에서 친구들과 밤마실 다닐 때 밤하늘을 아름답게 수놓았던 그 또릿또릿하게 반짝거리던 별들이. 월출산과 은적산 능선 위로 헤아릴 수 없이 많은 별들이 여름 밤하늘을 수놓고 있었지. 그중에 깜빡 졸던 별들은 원풍정 호수에 풍덩 빠져 반신욕을 하기도 했었어. 우리는 조각배를 타고 물에 빠진 별들을 건지러 가곤 했었지. 물론 막걸리 몇 병을 배에 싣고 말이야.

　그러다가 배가 뒤집혀서 우리도 별들과 함께 물놀이를 했던 적도 있었지. 그 별들을 보면서 우리는 수많은 꿈을 꾸었었다. 빨리 어른이 되어 돈도 벌고, 여행도 하고, 사랑도 해 보고 그리고 또, 또⋯. 참 꿈 많은 시절이었어. 물론 어려운 집안 형편 때문에 힘겨운 일들도 많이 있었지만.

　오후에 소를 끌고 들로 나가면 코스모스가 만발한 신작로 가에 맑은 시냇물이 졸졸 흐르고, 모정 앞 들녘은 온통 황금색으로 물들어 있었지. 새를 쫓기 위해 세워 놓은 허수아비와 금색, 은색의 노끈 줄들이 햇빛을 받아 현란하게 반짝거렸지. 들 한가운데 신비스럽게 자리 잡은 '어리샘'의 맑고 차가운 물을 한 모금 마시고, 코스모스꽃을 꺾어 포플러 잎으로 만든 모자에 꽂으면 세상에 부러울 게 없는 '어린 왕자'가 되곤 했었지. 마을 서쪽 은적산 위로 붉게 물든 저녁노을을 바라보며 소와 함께 들길을 걸어오면서 어린 나는 무슨 생각을 했을까? 문득 아련히 떠오르는 그리운 추억들이야. 그때 그 소년이 이제 또 다른 소년들의 아빠가 되었고, 그때 엄마 따라 밭에 다니던 소녀들 역시 또 다른 소년, 소녀의 엄마가 되었구나. 마음은 여전히 그때 그대로인데, 지금 우리가 처한 상황은 그렇지 못한 것 같아.

어른이 된다는 것이 한편으로는 좋으면서도 또 한편으로는 버거울 때가 있어. 하지만, 지금의 내가 옛날의 나보다 더 좋아. 너, 내가 청소년기에 많이 방황한 것 잘 알잖아. 그 당시에는 삶과 죽음에 대해서 꽤 깊이 생각을 했었어. 삶의 의미를 찾고 싶었거든, 하하. 내가 좀 조숙했었나 보다. 하지만 삶의 의미를 찾으려고 하면 할수록 더 찾기 힘들더라. 그래서 김소월의 시처럼 '그런대로 한세상' 살기로 했단다.

종교를 가진 친구들은 거기에서 나름대로 삶의 의미를 찾았겠지? 신의 섭리대로. 나는 아직 잘 모르겠어. 그래서 아직도 밤이면 밤마다 별을 쳐다본단다. 돈 맥클린이 부른 〈빈센트〉 노래 가사처럼 '별이 쏟아지는 밤'이면 마당에 나가 소나무 아래 바위 위에 앉아 한없이 넓은 저 우주의 하늘을 올려다보곤 해. 거기에서 무슨 창조주의 섭리를 깨닫지도, 인생의 참 의미를 깨닫지도 못하면서 말이야. 나는 또 빈센트 고흐가 그린 그림, 〈별이 빛나는 밤〉을 참 좋아해.

그 그림을 바라보고 있노라면 마치 나 자신이 그림 속으로 빨려 들어가 노오란 별무리와 함께 저 아득한 밤하늘을 자유롭게 유영하는 것 같은 느낌을 받곤 해.

저 우주의 끝은 어디까지일까? 어떻게 생겼을까? 알 수도 없겠지만, 알면 재미없겠지? 누군가는 이렇게 말했지, "이 우주가 아름다운 것은 아무도 그 끝을 모르기 때문이다."라고. 우리의 삶도 똑같은 게 아닐까? 우리의 삶이 아름다운 것은 아무도 내일 일을 모르기 때문이라고 말해도 괜찮을까?

밤마다 마당에 나와 별을 바라보다가 문득 느끼는 것이 하나 있단다. 우리 인생은 그렇게 재미없는 것도 아니고, 그렇다고 굉장히 특별한 것도 아니라는 사실이야. 그냥, 물 흐르듯 사는 것이지. 가족들과 친구들과 이웃들과 더불어 부담 없이 즐겁게 사는 거야, 어깨를 짓누르는 고단함이 없지는 않겠지만. 그러다가 천상병 시인의 말처럼 저 구름이 손짓하면 그때 왔던 곳으로 조용히 돌아가는 거야. 그는 이승에 대해 '아름다운 세상 소풍 다녀왔다'라고 말했는데, 나는 그날이 오면 뭐라고 말하게 될까? 나는 그냥 모든 것이 평범했고 좋았다고 말하면서 떠나고 싶어.

그리운 친구야, 이제 아침저녁으로 선선한 바람이 불기 시작하는구나. 처서가 얼마 남지 않았으니 곧 가을이 찾아올 거야. 여기에 빈센트 고흐를 기리는 노래 한 곡 담아 놓을게. 오늘 밤, 네가 이 노래를 들을 때 밤하늘에 별들이 가득 찼으면 좋겠다. 크고 작은 수많은 별들이 가을밤 하늘을 아름답게 수놓아 그 별들을 바라보는 우리들의 눈과 마음에도 또 하나의 우주가 생성되었으면 좋겠어.

　오랜만에 손 편지를 쓰다 보니 어느덧 밤이 깊었다. 풀벌레들의 울음소리를 자장가 삼아서 가슴에 별들을 가득 품고 편안하게 잠들렴. 산다는 것은 이런 것이야라고 생각하면서, 너무 심각하게 삶의 의미와 우주의 섭리를 고민하지 말고 말이야. 그럼 갑자기 온 세상은 말할 수 없이 고요해지며 파도처럼 요동치던 우리들의 감정도 바람 없는 호수의 수면처럼 차분하게 가라앉을 거야.

　그럼, 안녕. 좋은 꿈 꾸길 바라면서.

　- 아직도 철이 덜 든 친구가 썼다.

깊어 가는 가을, 아이들에게 기대다

오늘 밤은 달빛이 유난히 밝습니다. 아홉 살 난 둘째 아이와 함께 차를 타고 집에 오는데, 월출산 구정봉 위로 보름달이 둥실 떠오르고 있었습니다. 아이가 한참 동안 차창 밖으로 달을 쳐다보다가 한마디 합니다.

"아빠, 저 달은 우리가 좋은가 봐요. 계속 우리를 따라와요."

이 말을 듣는 순간, 은근히 기분이 좋았습니다. 어린이다운 순수한 발상이자 때 묻지 않은 동심의 발현이었습니다.

"정말 그렇구나. 저 달은 우리 경민이를 엄청 좋아하나 보다, 집에 올 때까지 따라오는 것을 보니. 그렇지?"

"네, 아빠."

말이 나온 김에 큰아들 형돈이 이야기도 하나 하고 넘어가야겠습니다. 형돈이가 다섯 살 때였습니다. 여름 장마철이었는데, 마침 비가 그치고 난 직후 하얀 구름이 월출산 기슭까지 덮고 있었습니다. 형돈이와 차를 몰고 영암 읍내로 가던 중이었는데, 창밖을 물끄러미 바라보고 있던 형돈이가 갑자기 질문을 던졌습니다.

"아빠, 산이 잠들면 구름이 덮어 주지요?"

"왜 그렇지?"

“잠들면 추우니까 따뜻하라고요.”

이 말을 듣는 순간, 깜짝 놀랐습니다.

‘구름 덮인 산을 보고 어떻게 저런 생각을 할 수 있을까? 아이의 마음은 하늘을 닮는다고 하더니 정말 그런가 보구나. 정말 시인이 따로 없구나.’

집에 가서 아내에게 그 말을 했더니, 아내 역시 깜짝 놀라는 모습이었습니다.

“시골에서 키우기를 잘한 것 같아요. 얼마나 감성이 풍부한 표현이에요? 누구도 흉내 내지 못할 기발한 시적 표현이네요. 정말 글쓰기 공부를 따로 시킬 필요가 없네요. 변화무쌍한 자연 풍경이 스승이니까요.”

아내는 의기양양한 표정으로 말했습니다. 어린 아들의 순진한 말 한마디에 완전히 감동한 나는 그날 집에 돌아오자마자 아이가 한 말을 일기장에 적어 놓았습니다.

그런데 올해 여름 장마 때, 구름 덮인 월출산 풍경을 바라보던 경민이의 반응은 제 형과 좀 달랐습니다. 한참 동안 산을 바라보고 있더니 이렇게 묻더군요.

“아빠, 구름은 비가 오면 산 아래로 내려오고, 비가 안 오면 산 위로 올라가지요?”

“응, 그래. 정말 그렇구나!”

가만히 들어 보니 그 말 또한 맞는 말이었습니다. 같은 현상을 보고도 아이들의 생각은 이렇게 달랐습니다. 경민이의 비구름 표현

역시 아내와 나에게는 경이로움이었습니다. 순진한 우리 부부는 두 아이의 멋진 표현을 비교하면서 오랫동안 그 의미를 되새김질했습니다. 그런데 오늘은 보름달을 쳐다보던 경민이가 아이다운 표현으로 또 한 번 나를 놀라게 하는군요. 보름달처럼 환한 웃음을 지으며 밝게 대답하는 경민이의 손을 잡고 마당을 거닐었습니다.

마당가 감나무 가지에는 아직 따지 않고 남겨 둔 때깔 좋은 감들이 달빛을 맞아 얼굴을 붉히고 있고, 이제 막 피기 시작한 토방 아래의 노란 국화와 금송화도 은은한 향기를 뿜어내고 있습니다. 섬돌 가에 흐드러지게 피어 월인당의 가을 분위기를 한껏 돋우어 주던 코스모스꽃도 그 세력이 이전만은 못하지만, 그래도 맵시 있는 자태를 간직하고 있습니다. 경민이는 달빛을 받아 더욱 하얗게 빛나고 있는 코스모스를 한 송이 꺾었습니다. 제 엄마에게 줄 선물입니다. 그 모습을 보면서 혼자 생각했습니다.

'그래, 코스모스는 언제나 그리움의 꽃이었지. 저 아이도 그것을 알고 있는 거야.'

밤이 되어서 그런지 바깥 공기가 제법 쌀쌀합니다. 아이를 방으로 들여보내 놓고 다시 마당에 나왔습니다. 고샅 시누대 이파리가 달빛을 받아 은은하게 빛납니다. 가끔 개 짖는 소리만 가을밤의 적막을 깨뜨릴 뿐, 지나가는 바람 한 점 없는 고요한 밤입니다. 고개를 들어 보니, 너른 들녘 너머로 맞은편 동네 동호리가 멀리 희미하게 모습을 드러냅니다. 고즈넉한 마을의 가로등만 불빛을 깜박거리며 쓸쓸히 가을밤을 지키고 있습니다. 반짝거리는 가로등 불빛은 저 마을에도 사람이 살고 있다는 흔적입니다. 아무리 달빛이 좋고 가을 국화 향기가 진하다 해도, 그 풍경 한구석에 사람이 없으면 왠지 허전하고 휑뎅그렁한 느낌이 듭니다. 김홍도의 산수화에 항상 사람이 한 점을 차지하는 것 또한 이런 이치일 것입니다. 저 불빛을 한참 동안 바라보고 있자니 문득 사람이 그리워집니다. 이런 밤이면 내가 아무리 풍류를 모르는 목석같은 사내지만, 어찌 술 한 잔 나눌 벗이 생각나지 않겠습니까?

그러나 함께 두부김치 안주에 막걸리를 마시며 가을밤을 지새우던 고향 친구들은 모두 도시로 떠나고 없습니다. 혼자 보기에 아까운 이 아름다운 가을 달밤을 함께 나눌 벗이 없습니다. 담양에 사는 농민 시인 고재종은 「사람의 등불」이라는 시에서 이 안타까운 마음을 이렇게 토로했습니다.

> "어찌 이리 서늘하고 푸르른 밤, 주막집 달려가 막소주 한 잔 나눌 이 없어, 마당가 홀로 서서 그리움에 애리다 보니, 울 너머 저기 독집의 아직 꺼지지 않은 등불이, 어찌 저리 따뜻한 지상의 노래인지 꿈인지"

그 따뜻한 지상의 노래이자 꿈인 등불을 마음에 품고 방에 들어왔습니다. 고요히 잠들어 있는 두 아이의 얼굴을 내려다보니, 정말 이 아이들이야말로 '사람의 등불'이라는 생각이 들었습니다. 가난한 우리 부부의 희망, 우리들의 미래. 아직은 성숙하지 못하여 살아가면서 흔들리고 방황할 때, 제대로 걸어가야 할 길을 비추어 주는 등대 같은 존재.

이 고요하고 쓸쓸한 가을밤에 그래도 이 아이들이 있어 위로가 되고 안심이 됩니다. 문득 언젠가 동네 어른들이 하시던 말씀이 생각납니다.

"어른이라고 별거 있다냐? 다 아이들 힘으로 사는 법이다."

허허, 이 심오한 삶의 이치를 깨달아 가는 것을 보니, 이제껏 철없이 살았던 나도 마침내 어른이 되어 가나 봅니다.

소리를 묶었다 푼다

영암의 너른 들녘에 나락이 대글대글 영글어 가고, 월출산 미왕재에 억새꽃이 허옇게 휘날리는 가을 어느 날, 가야금 산조 창시자인 악성 김창조와 한성기를 비롯한 그 제자들을 기리는 가야금 산조 축제가 열렸습니다. 그동안 여러 가지 사정으로 한 번도 관람해 보지 못했던 터라, 이번만큼은 꼭 놓치지 않으리라 버르고 벼르던 참이었습니다. 다행히 이번에는 관람할 수 있는 여유가 생겼습니다. 행사장에 미리 가서 앞쪽에 자리를 잡았습니다. 이윽고 식전 행사가 시작되면서 임이조 선생의 춤사위가 펼쳐졌습니다. 그의 몸짓은 정지한 듯한 자세에서 느리게 출발하여 때로 물이 흐르듯 부드럽고 고요하게, 때로는 회오리바람처럼 격정적으로 전개되었습니다. 월출산 큰골에 운무가 피어오르는 듯, 구정봉 바람재에 세찬 눈보라가 휘몰아치는 듯, 때로는 버선발로 뛰며 노니는 아이들의 가뿐한 몸놀림을 보는 듯했습니다.

이윽고 이생강 선생의 대금 연주가 시작됩니다. 대금 소리는 때로 높고 낮게, 때로 짧고 길게 끊어질 듯 이어지며 청중들의 가슴을 훑어 내립니다. 그림이나 글씨가 그렇듯, 좋은 예술 작품은 항상 변화를 내포하고 있습니다. 음악도 마찬가지입니다. 고요함 속에 끊임없는 움직임이 있습니다.

　여러 악기 중에서 대금처럼 정중동 효과를 잘 구현하는 악기는 드뭅니다. 그 신비로움은 대금을 만드는 재료에서 비롯됩니다. 대나무는 속이 비어 있는 유일한 나무입니다. 속을 비움으로써 울림을 가능케 합니다. 대금을 만들기에 가장 적합한 종류의 대나무는 쌍골죽입니다. 쌍골죽은 대마디 양쪽으로 골이 나 있는 일종의 돌연변이 대나무를 말합니다. 쌍골죽은 속살이 두껍고 단단하며, 음색이 맑고 깊어서 최고의 재료로 친다고 합니다. 그러나 운 좋게 쓸만한 쌍골죽을 만났다고 해도 이것으로 끝난 것은 아닙니다. 대금을 만들 때는 대나무의 허락을 얻어 내야 합니다. 명기가 탄생하기 위해서는 대나무와 장인 사이에 무언의 소통과 교류가 선행되어야 합니다. 장인은 곧 희생될 쌍골죽 몸통에 손을 대고 절실함과 미안함을 솔직하게 고백합니다. 대나무는 장인의 열정과 진정성을 확인한 다음에야 비로소 자신의 목숨을 내놓습니다. 사람이나 식물이나 자신을 기꺼이 희생할 의향을 보일 때는 서로 진심이 통할 때입니다. 쌍골죽 마디 속에 간직하고 있던 은밀한 가락을 밖으로 내보내기 위해서는 명인의 숙련된 날숨과 들숨이 필요합니다.

　이생강 선생은 대나무와 호흡을 맞추어 공명합니다. 입술은 취구(吹口)를 통해 대금에게 생명을 불어넣고, 손가락은 여러 개의 구멍을 조절 통제하며 대금과 소통합니다. 대나무 마디마디에 봉인된 침묵을 얼래고 달래 세상 밖으로 내보냅니다. 조그만 구멍을 통해 나온 애잔한 울림소리가 무대 아래로 낮게 깔리면, 관객들은 순간 달빛 부서지는 가을밤 대숲 속으로 인도됩니다. 소슬바람에 서걱대는 댓잎 소리가 들리는가 싶더니, 곧이어 긴 탄식 소리가 들려옵니다. 세상을 힘겹게 살아온 사람들이 땅이 꺼지도록 내뱉는 한숨 소리입니다. 이윽고 그 소리는 어깨를 들썩이며 참아 내는 흐느낌 소리로 변합니다. 그 변화무쌍한 선율에 몸과 마음을 맡기고 대금 소리와 동행하다 보면, 어느덧 자신도 모르게 맺혔던 응어리가 풀리고 대숲 사이에서 불어오는 신선한 가을바람 소리를 다시 듣게 됩니다. 이 부조리한 세상을 온전히 살아온 사람이 어디 있겠습니까? 시인 랭보는 말합니다, 세상에 상처받지 않은 영혼이 어디 있느냐고. 이생강 명인의 대금 소리는 바로 그 상처를, 그 고단함을 어루만져 주는 치유의 소리입니다.

기념식이 끝나자 본격적인 산조 축제의 무대가 시작되었습니다. 무대에 불이 꺼지고, 다시 조명등이 켜지면서 5인의 악사와 함께 박병천 선생이 흰옷을 입은 채 등장합니다. 수년 전 보성 소리 축제에서 박병천 선생의 진도 북춤을 보기 전까지는 북이 그렇게 매력이 있는 악기인 줄 미처 몰랐습니다. 언젠가 광주 금남로에서 대구 날뫼북춤을 본 적이 있는데, 질서 정연한 고수들의 움직임과 그 웅장한 북소리에 크게 감명받았습니다. 대부분 북이 집단 놀이를 할 때 일부분의 역할을 담당하는 데 반해, 진도 북춤은 개인 놀이입니다. 그리고 양손에 북채를 들고 춤을 춥니다. 보성에서는 거리가 너무 멀어서 스크린으로 춤사위를 볼 수밖에 없었는데, 이번 영암 무대에서는 앞자리에 앉아서 제대로 감상했습니다.

칠순의 나이라고는 도저히 믿기 어려울 정도로 박병천 선생의 춤사위는 여유로우면서도 힘찼습니다. 쌍채북을 자유자재로 다루며 덩실덩실 어깨춤을 추는 모습은 한 마리 학이 구름을 뚫고 날아오르다가 다시 마당 위로 유유히 내려와 경중경중 뛰어다니는 모습을 연상케 했습니다. 선생을 보면서 또 한 가지 느끼는 점이 있습니다. 그것은 은근히 노년이 기다려지는 일입니다. '사람이 저렇게 나이 들어 갈 수도 있구나!' 하는 생각에 큰 용기를 갖게 됩니다. 사실 60세 정년이란 말은 모욕적인 말입니다. 꿈이 있는 한 정년은 없을 테니까요. 나이만 젊으면서 생각은 늙어 버린 청년들이 얼마나 많습니까? 박 선생님의 북소리는 꿈을 잃어버리고 방황하는 젊은이들을 호되게 나무라는 죽비 소리와도 같습니다, 세상은 꿈꾸는 사람의 것이라고.

조통달 명창의 축시와 창이 끝나고, 곧바로 양승희 가야금 명인의 죽파류 가야금 산조 연주가 시작되었습니다. 김창조-한성기-김죽파-양승희 선생으로 이어지는 산조 소리였습니다. 그 가야금 선율에 과거와 현재가 공존합니다. 과거라고 해서 다 같은 과거는 아닙니다. 단절된 과거가 있는가 하면 현재와 끈을 맺는 과거가 있습니다. 김창조라는 과거가 한성기, 김죽파라는 매개물을 통하여 컴컴한 시공을 뚫고 한 줄기 빛(가야금 선율)으로 양승희라는 현재에 도달합니다. 따라서 김창조는 단순 과거가 아닌 현재 완료가 됩니다. 스승과 제자들 사이에 흐르는 혈연보다 끈끈한 유대감, 여기서 인간의 위대성을 봅니다. 인간의 대(代)가 반드시 핏줄로 이어지는 것만은 아닐 것입니다.

양승희 선생의 가야금은 점점 더 오묘한 소리를 내기 시작합니다. 한 손으로는 줄을 누르고 또 한 손으로는 줄을 튕깁니다. 소리를 묶었다 풉니다. 듣는 이의 마음도 맺혔다 풀어집니다. 명인의 손놀림은 중중모리, 자진모리장단을 지나면서 점점 속도를 더합니다. 갑자기 줄을 밀어 흔들며 소리를 흩트렸다가 다시 당겨 짚어 소리를 모읍니다. 듣는 이의 마음도 흩어졌다 모입니다. 이제 청중들은 긴장을 풀고 편안한 마음으로 가야금 선율이 이끄는 곳으로 동행합니다. 연주자와 가야금은 일심동체가 되어 한 치의 오차도 없이 목적지를 향해 힘차게 달려갑니다.

바람이 지나는 '바람길'이 있듯이, 소리가 지나가는 '소리길'이 있습니다. 바람이나 소리나 눈에 보이지 않지만, 차이가 있습니다. 바람과는 달리 소리는 사람들의 가슴속을 파고듭니다. 사람들은 저마다 현이 없는 악기를 마음속에 품고 있습니다. 이른바 심금(心琴)입니다. 양승희 명인의 손가락에서 흘러나오는 가야금 소리는 소리길을 타고 관객들의 가슴속을 뚫고 지나갑니다. 소리를 받아들이는 방식은 모두 다릅니다. 살아온 과정이 다른 만큼 모두 저마다의 방식으로 소리를 이해합니다. 그러나 결과는 같습니다. 그것은 마음속 깊은 울림, 감동입니다. 청중들의 심금을 울리는 열두 줄 가야금 소리는 점점 고조되고, 휘모리장단을 지나 마침내 목적지에 이르러 현의 노래를 멈춥니다. 잠시 숨 막히는 정적이 흐르고, 소리길이 끊어진 자리에 폭풍 같은 박수 소리가 울려 퍼집니다.

은적산 신덕마을에서

　오랜만에 배롱나무 가로수 길을 따라 영산강과 은적산이 만나 절경을 이루는 신덕마을로 답사를 나갔습니다. 은적산은 높지 않은 대신에 능선이 길고 골이 깊어 수십 개 마을을 품어 안고 있습니다. 산기슭 가장자리를 마을 터전으로 내주기는 하지만, 늘 적당한 선을 지키면서 마을과 협력 관계를 유지합니다. 산과 마을은 서로 구분되지만, 경계가 모호한 한 몸입니다. 부분이면서 전체고, 전체면서 부분인 유기적인 결합체입니다. 산은 숲과 개울을 만들어 마을을 보호하고, 마을은 함부로 숲과 계곡을 넘보거나 해치지 않습니다. 마을은 숲속에 오솔길을 만들고 잡목을 제거하여 산의 원활한 호흡을 돕습니다.

　산과 마을은 공생 관계지만 마을은 제 분수를 알아야 합니다. 마을은 언제나 산 아래 있어야 하고, 산을 정면으로 마주 봐서는 안 됩니다. 배산임수, 이것이 마을이 산과 함께 살아가는 방식이고 반드시 지켜야 할 불문율입니다. 마을은 산이 베풀어 준 은혜를 기억하고 가끔 산신제나 당산제를 모셔야 합니다. 산신령을 숭배하고 숲과 계곡물과 뭇 생명체들을 소중히 여긴 마을들은 어김없이 번영하고 장수했습니다. 반면에 산을 깎아 허물고 나무를 함부로 베어 숲을 망친 마을이 잘 되는 경우를 거의 본 적이 없습니다.

신덕마을은 은적산 기슭에 자리한 마을 중에서 제일 규모가 큽니다. 원래 신흥, 덕흥, 부귀동, 화암마을로 나누어져 있었는데, 이것들을 병합한 후 신흥과 덕흥의 머리글자를 하나씩 따와 신덕마을이라고 했습니다. 마을 바로 앞에는 독천을 거쳐 영산강으로 흘러 들어가는 망월천이 길게 뻗쳐 있습니다. 그리고 동네 한복판에는 마을을 양분하며 흐르는 실개천이 하나 있습니다. 이 실개천을 오른편에 끼고 마을 안쪽으로 들어가면 중간 지점에 마을회관이 나오고, 그 위쪽으로 계속 가면 중촌(中村)과 상촌(上村)이 연이어 나옵니다.

상촌에 정자가 하나 있어서 현판을 보니 덕흥정(德興亭)이라 씌어 있습니다. 덕흥정에 오르면 신덕마을 풍경이 손에 잡힐 듯 한눈에 들어옵니다. 옛날에는 영산강 푸른 물과 너른 갯벌이 또렷하게 내려다보였습니다. 그런데 지금은 마을 풍경이 답답해졌습니다. 그 이유는 목포~광양 간 고속도로 건설 때문입니다. 하필이면 마을 초입 위로 지나가도록 설계되어 있어서, 고속도로가 마치 거대한 토성처럼 마을을 가로막고 있습니다.

정자 마루에 한참 동안 앉아 쉬었더니 몸이 추워졌습니다, 은적산 골바람이 꽤 차갑습니다. 아직은 늦가을이지만 아침저녁의 찬 공기로 보자면 벌써 초겨울로 접어드는 양상입니다. 산골 마을 주민들은 남은 추수를 위해 부지런히 손을 놀립니다. 빨갛게 익은 감을 따고, 깍지마다 빼곡하게 잘 익은 콩을 텁니다. 가을 가뭄에 바싹바싹 시들어 가는 당근밭에 물을 뿌립니다. 은적산 자락에 비스듬히 몸을 기댄 신덕마을의 늦가을은 이렇게 고요하면서도 풍요롭게 찾아왔습니다.

덕흥정에서 나와 왔던 길을 되돌아가다가 중촌리에서 콩을 까고 있는 한 할머니를 만났습니다. 미암면 기동리가 친정으로, 댁호를 묻자 옥현댁이라고 합니다.

"왜 기동댁이 아니고 옥현댁입니까?"

"이 마을에 먼저 기동댁이 있어서 우리 시어머니가 옥현댁이라는 댁호를 지어 주셨제라. 열아홉에 이 마을로 시집을 와서 6남매를 낳아 기르면서 평생을 살아왔어라. 지금은 모두 성장하여 객지로 나가 살고 있어라. 옛날에 바닷가일 적에는 쌀이 부족하여 고생들 했제라. 신덕마을 처녀들 시집갈 때까지 쌀 서 말 못 먹고 살았어라."

"화암마을에서 만난 할아버지와 비슷한 말씀을 하시네요. 그래도 지금은 간척지가 생겨서 잘산다고 하시던데요."

"그라제라. 논이 많이 생기는 바람에 마을 사람들 모두 부자가 된 셈이제라. 그런데 우리 마을은 저 고속도로 땜시 손해가 막심해라. 도로가 난다고 해서 그런 줄만 알았는데 저렇게 우악스런 도로가 생길 줄 알았남? 마을을 꽉 막아 놔서 우리 동네는 마치 저수지 모양이 되야 부렀어라. 그라고 저 산꼭대기를 지나는 철탑 고압선도 마찬가지라고 하더만요. 저런 것이 마을 뒤로 지나가면 안 된다고 하든디, 당시에 우리가 뭘 알았어야제라. 동네에 젊고 똑똑한 사람들이 없어서 그란 것이제라."

마침 좁은 길로 노란색 봉고차가 하나 들어옵니다. 유치원생을 태운 수송 차량입니다.

"동네에 애기들이 없는디, 필리핀에서 시집온 새댁이 있어서 아이를 둘 낳았어라. 저기 저 집으로 가는 유치원 차여라.”

어디 마을을 가나 외국에서 시집온 며느리들이 그나마 자녀들을 생산하여 무너져 가는 농촌을 지탱해 주고 있습니다.

부지런히 콩깍지를 까던 옥현댁 할머니는 문득 친정마을 이야기를 꺼내며 요즘 세태를 걱정합니다.

“논농사와 밭농사도 좋지만, 최고의 농사는 자식 농사여라. 아 얼마 전에 물리치료 갔다가 들은 이야기인데, 내 친정 동네에 사는 한 아짐이 지난 추석 때 기맥힌 일을 당해 부렀다 안 하요? 80 먹은 노모 앞에서 아들 셋이 칼을 들고 싸우다가 밥상을 다 엎어 부렀다고 합디다. 그래서 그 아짐이 웃옷을 벗고 가운데 뛰어들어 ‘차라리 나를 죽여라’ 하니, 그때서야 아들들이 칼을 놓았다고 하네요. 논 몇 뙈기 갖고 재산 싸움을 한 것인디, 시상에 해도 해도 너머하제, 늙은 어머니 앞에서 그것이 할 짓거리요? 그 아짐 그란디 인자 다시는 추석이고 뭐고 차례상 안 차린다고 합디다. 자석이라면 쓰럭쓰럭하다 안 하요? 그랑께 으짜든지 자식 농사를 잘 지어야 최고여라. 그래도 자랑은 아니지만, 우리 집 아들들은 그라고 수말스럽고 착해라우. 열심히 일해서 지 밥벌이 할 줄 알고, 부모 앞에서 낯빛 가릴 줄 안께, 그것으로 훌륭하제라.”

늦가을 따사로운 햇살을 받으면서 콩을 까고 있는 옥현댁 할머니 얼굴을 자세히 들여다보았습니다. 인고의 세월을 견디어 낸 흔적이 굵게 패인 주름살 사이로 묻어납니다. 그러나 얼굴 표정은 온화하고 평온합니다. 자식들도, 동네 젊은이들도 모두 떠나 버린 이 한적한 산골 마을을 홀로 지키면서도 의연한 태도를 지니고 있습니다. 저 여유롭고 온화한 표정이나 태도는 일부러 꾸며서 지어낸 것이 아닙니다. 자연과 더불어 살아온 세월이 그렇게 만든 것일 겁니다. 자연과 마을과 이웃 사람들과 동화되어 농사를 지으며 평생을 거짓 없이 살아온 사람만이 가질 수 있는 여유로운 표정입니다.

"이 콩은 논둑에다 심은 것인디 솔찬히 잘되었어라."

"그런데 이제 나이를 생각하셔야지요. 일도 좋지만, 건강이 더 중요합니다. 쉬엄쉬엄 건강 잘 챙기시면서 하세요."

"우리 큰아들도 꼭 그런 소리 하제라, 인제 일 좀 그만하라고."

큰아들 이야기를 하면서 환하게 웃는 할머니 모습에서 문득 어머니의 얼굴이 중첩되어 그려집니다. 농촌에서 평생을 사신 이 땅의 여느 어머니들 또한 마찬가지일 것입니다. 임종을 맞이하는 순간이 올 때까지 손에 호미를 쥐고 있을 것입니다.

신덕마을 중촌리 실개천을 타고 내려오면서 다시 한번 마을 주변을 살펴보았습니다. 마을 뒤편 동남쪽으로 은적산이 능선을 뻗치고 있고, 산기슭의 소나무 숲들은 눈부실 정도로 짙푸르고 울창합니다. 중촌과 상촌 마을을 감싸고 있는 팽나무를 비롯한 활엽수림은 북서풍을 막아 주는 방풍 역할로 마을을 보호하고 있습니다. 은적산 계곡에서 발원한 시냇물은 상촌과 중촌을 거쳐 마을의 한가운데를 관통하면서 망월천으로 흘러갑니다. 마을 안 좁은 골목길과 이끼 긴 돌담들이 이 마을의 역사를 말해 주고 있습니다. 한적하고 정겨운 풍경입니다. 그러나 한편으로는 쓸쓸하고 을씨년스럽기까지합니다. 젊은이들과 아이들의 모습을 찾아볼 수 없어서입니다.

한편, 문명의 그림자가 어른거리는 마을 외곽 풍경은 전혀 다른 모습입니다. 이 외진 산골 마을에 고압선 철탑이 지나가고, 고속도로가 마을 앞을 가로막고 있습니다. 협동과 나눔의 문화 속에서 평생을 살았던 신덕마을 주민들에게 경쟁과 속도의 문화가 강요되기 시작하고 있습니다. 수천 년을 이어 온 '문화의 시간'이 백 년도 채 되지 않은 '문명의 시간'에 굴복당하고 있습니다. 당연한 결과로 마을은 점점 쇠락해 가고, 갈수록 빈집만 늘어납니다. 대보름 당산제도 명맥이 끊어졌고, 지신밟기 하던 풍물 소리도 자취를 감춘 지 오랩니다.

농부 철학자인 윤구병 선생은『가난하지만 행복하게』라는 책에서 "인간의 시간 가운데 자연의 시간 안에 있는 것이 '문화의 시간'이고, 자연의 시간 밖에 있는 것이 '문명의 시간'이다."라고 말합니다. 그에 따르면, 문화의 시간은 삶의 길로 우리를 이끌고, 문명의 시간은 죽음의 길로 이끕니다.

자연 안에 있는 문화의 시간은 사계절 순환의 시간, 제철을 아는 시간을 말합니다. 이와는 반대로, 자연의 시간 밖에서 따로 인간의 시간을 만들어 낸 대표적인 문명이 바로 밤낮 구분이 모호하고 제철 인식이 희박한 도시 문명입니다. 도시에서는 겨울에도 여름철 과일인 수박을 사 먹을 수 있으며, 화려한 네온사인 아래 밤을 잊은 사람들이 새벽까지 거리를 오갑니다.

영산로 배롱나무길 주변에 산재해 있는 마을들은 지금까지는 '문화의 시간', 즉, 농사를 지어 제철 음식을 먹고 사계절 순환 원리에 맞춰 먹고 자고 놀고 노동하는 시간을 살아왔습니다. 문화의 시간은 '가난 속의 풍요'를 선사합니다. 그것은 협동과 조화와 나눔의 가치에서 파생한 결과물입니다. 그 중심에 공동체 마을이 있었습니다. 마을에는 항상 지혜와 덕망을 갖춘 어른이 있었고 골목길과 뒷동산 앞동산을 누비며 뛰어 노닐던 아이들이 있었습니다. 이곳에서는 인화와 상부상조가 최고의 미덕이었습니다. 이웃은 경쟁 대상이 아니라, 함께 일하고 놀며 더불어 살아가는 동반자였습니다. 이웃이 있어야 내가 존재하는 상생의 시스템이었습니다. 그래서 다소 가난하더라도 나눔과 협동의 가치 속에서 오히려 넉넉하고 풍요로웠습니다.

지금은 너나 할 것 없이 '문명의 시간'을 떠받들고 있는 시대입니다. 인간은 유토피아를 꿈꾸며 자연의 시간 밖으로 눈을 돌려 밤낮 구분이 없고 제철을 분간하기 힘든 도시를 건설했습니다. 하지만 이 문명의 시간은 인간의 기대와는 달리 '풍요 속의 가난'과 '군중 속의 고독'을 초래했습니다. 도시 문명은 상부상조와 나눔의 가치 대신 무한 경쟁과 승자 독식을 최고의 가치로 내세웠습니다. 그 대가는 혹독합니다. 사회는 양극화되고, 빈부 격차에서 오는 상대적 박탈감과 소외감은 이웃 간의 소통과 통합을 점점 더 어렵게 합니다.

한편, 도시 아이들은 뿌리 깊은 고향을 선사 받지 못하고 회전초처럼 이리저리 이사 다니며, 어른들이 짜놓은 시간표대로 살아야만 하는 처지에 놓였습니다. 아이들은 최고의 놀이터이자 배움터인 마을 공동체를 잃어버렸습니다. 문화의 시간이 내재 된 자연 공동체 마을을 경험하지 못한 아이들은 태어나는 순간부터 경쟁 원리가 지배하는 '문명의 시간'으로 내몰리게 됩니다. '너와 더불어 사는 세상'이 아닌 '나만이 일등으로 사는 세상'을 꿈꾸면서, 비좁은 교실과 공부방 책상에서 시간을 보냅니다. 학교라는 작은 울타리 안에 아침부터 밤늦게까지 학습을 강요당하며 청소년기를 보냅니다.

경쟁에서 탈락한 아이들은 교실 수업을 포기하고 학교 밖 세상과 사이버 세상 속으로 몸을 던집니다. 아이들은 갈수록 부모와 불화하고, 다시 세상과 불화합니다. 살인적인 경쟁을 이기지 못하여 매년 학교를 떠나는 학생들이 전국적으로 수천 명을 넘어서고 있다는 소식도 전해집니다. 경쟁에서 살아남은 아이들 역시 눈앞에 놓인 또 다른 경쟁으로 심신이 지쳐 갑니다. 사람들은 넘쳐나지만, 믿고 의지할 친구를 사귀기는 어렵습니다. 물신주의가 팽배한 자본주의의 파고를 넘지 못한 사람들은 부모 형제 관계도 원활하지 못합니다. 무한 경쟁에 내몰리고, 돈벌이에 내몰린 현대인들은 그래서 외롭습니다. 군중 속의 고독입니다. 도시 인간, 회사 인간이 목표가 되어 버린 청년들에게 수천 년 동안 이어져 온 공동체 마을이 쇠락해 가고 있는 상황은 큰 관심을 끌지 못합니다.

신덕마을을 떠나면서 생각합니다. 가까스로 마을을 지키고 있는 저 촌로들이 모두 돌아가시고 나면, 이 평온하고 아늑한 협동과 상생의 공동체 마을은 어떤 운명을 맞이하게 될까요? 혹시 대도시 문명의 시간 속에서 경쟁과 속도에 지친 사람들이 농촌 마을의 가치를 새롭게 인식하고 솔숲 짙게 우거진 옛 동산으로 다시 돌아올 가능성은 없는 것일까요? 인간을 생태 마을 공동체 일원으로 이끌어

왔던 '문화의 시간'은 정녕 저 우악스러운 콘크리트 구조물에 매몰되어 영영 사라져 버리는 것일까요? 우리의 정신적 고향인 농촌 마을을 다시 회복할 방법은 정녕 없는 것일까요?

아이들, 흙 위에 서다

　한동안 고요하던 늦봄동산에 아이들의 활기찬 웃음소리가 가득합니다. 4박 5일의 '월(月) 방학'을 끝내고 돌아온 학생들이 모처럼 농기구를 들고 텃밭에서 일하는 중입니다. 지식 교과 수업 시간에는 조용히 앉아 있던 아이들도 노작 시간이 되면 참새처럼 재잘거리기 시작합니다. 5개의 노작 모둠 구성원들이 모둠별로 분할받은 텃밭을 가꾸는 중입니다. 아이들이 농기구를 다루는 솜씨가 제법 능숙합니다. 삽과 쇠스랑으로 고랑을 치고 이랑을 만들고, 호미로 풀을 뽑습니다. 몇몇 아이들은 씨앗을 뿌리고 물뿌리개를 이용하여 물을 줍니다. 아이들은 일하면서 한시도 쉬지 않고 친구들과 대화를 나눕니다. 지난 노작 시간에 뿌려 놓았던 상추 씨앗이 새싹을 틔웠습니다. 뾰족뾰족 흙을 뚫고 올라온 연초록 새싹들을 바라보는 아이들의 얼굴에 경이로움과 기쁨이 혼재되어 있습니다.

　아이들이 늦봄학교에 입학한 직후 '내 나무' 심기 프로젝트를 수행했습니다. 삽질을 처음 해 보는 일이어서 그런지, 대학생들 대부분은 나무를 심을 구덩이를 제대로 파지 못했습니다. 대나무를 베어 울타리를 만들 때도 마찬가지였습니다. 아이들은 대부분 톱과 낫을 적절하게 사용하지 못했습니다. 초등학교 때 시험 잘 보는 법은 열심히 배웠어도 제대로 몸을 놀리는 법은 배우지 못했나 봅니다.

아이들은 처음에는 손과 발에 흙을 묻히는 것을 싫어했습니다. 흙이 옷이나 몸에 묻을까 봐 걱정하는 눈치였습니다. 5월에 모내기 할 때는 논에 들어가는 것 자체를 두려워했습니다. 물과 진흙으로 뒤범벅된 논 속으로 맨발로 들어가야 하는 일이 도시에서만 살아온 아이들에게는 영 내키지 않는 일이었을 것입니다. 겁먹은 얼굴로 한 발, 두 발 간신히 논흙을 밟는 아이들을 바라보면서 안타까운 마음이 들었습니다. 그런데 한 학기가 지난 지금은 흙을 대하는 아이들의 태도가 완전히 달라졌습니다. 맨손으로 흙을 주무르고, 맨발로 흙을 밟는 것을 더 이상 주저하지 않습니다. 오히려 흙 위에 섰을 때 가장 안정되어 보이고 평온해 보입니다. 아이들의 얼굴에 생기가 돕니다.

요즘 많은 사람들이 암울한 교육 현실에 대해 심각한 우려를 나타내고 있습니다. 학교 폭력이니 교실 붕괴니 하는 말들은 더 이상 낯선 단어가 아닙니다. 지나친 입시 경쟁으로 인하여 청소년들의 심신이 갈수록 피폐해지고 있다는 사실을 우리는 잘 알고 있습니다. 그러함에도 불구하고, 우리나라의 교육 환경은 크게 달라지지 않고 있습니다. 대부분의 학교는 도시에 집중되어 있고 '경쟁력 있는 교육'을 핑계로 농어촌에 사는 학부모들은 자녀들을 데리고 도시로 몰려듭니다. 특히 소위 '일류대'라고 불리는 몇 개의 대학이 자리한 수도권은 포화 상태입니다. 대도시에 사는 학부모들 가운데 귀농 귀촌과 작은 학교에 관심을 가진 분들도 있긴 하지만, 대부분 생각으로만 그칠 뿐 행동으로 옮긴 분들은 드뭅니다.

학교를 방문한 사람들 가운데 가끔 이렇게 묻는 분들이 계십니다.

"세상이 저렇게 학벌 중심의 출세 지상주의로 흘러가고 있는데, 그리고 그것이 명백한 현실인데, 이런 방식으로 교육을 받은 아이들이 어른이 되어 사회에 진출했을 때 과연 세상 사람들과 경쟁하며 잘 버티어 낼 수 있을까요?"

이렇게 묻는 분들의 진정성을 충분히 이해합니다. 그분들의 표정에서 진심으로 대안학교에서 공부하는 아이들의 미래를 걱정하고 염려하는 마음을 읽을 수 있습니다. 하지만, 이렇게 생각하는 분들은 한 가지 중요한 것을 놓치고 있습니다. 그것은 바로 교육의 본질 중에서도 가장 핵심적인 부분인데, 바로 '자연 속에서의 생활'입니다. 이것은 대부분의 대도시 학교에서 일회적으로 행하는 단순한 '체험 학습'과는 완전히 다릅니다.

자연 속에서의 생활은 사람의 생각과 습관을 바꿔 놓습니다. 현란한 네온사인이나 컴퓨터, TV, 인스턴트식품 같은 것들이 이곳엔 없습니다. 밤 10시부터 잠잘 준비를 하고 아침 6시가 되면 일어나 아침맞이를 합니다. 자연과 조화를 이루는 생활은 필연적으로 몸을 건강하게 만듭니다. 월요일부터 금요일까지 매일 1시간 30분씩 노작 활동을 합니다. 텃밭 가꾸기뿐만 아니라 동물 기르기, 집짓기, 풀 베기, 나무 심기, 과일 수확하기 등 다양한 작업을 수행합니다. 노작과 더불어 자연 생태 기행과 산책 명상 또한 빠뜨릴 수 없는 주요 교과목입니다.

이런 측면에서 볼 때 늦봄학교가 위치한 장소가 갖는 의미 또한 중요합니다. 늦봄학교는 자연 속 학교입니다. 숲과 논밭으로 사방이 둘러싸여 있습니다. 앞으로는 강이 내려다보이고, 뒤로는 만덕산이 병풍처럼 둘러싸고 있습니다. 특히 만덕산에는 실학자 정약용 선생의 체취가 흠뻑 묻어나는 다산초당과 민중불교의 산실이었던 백련사를 연결하는 오솔길이 있어서 산책로로 활용하기에 더없이 훌륭합니다. 우리 늦봄학교 학생들은 이런 천혜의 자연환경 속에서 24시간 생활합니다.

한편, 자연이 위대한 것은 스스로 조화를 이루고 스스로 균형을 잡을 줄 알기 때문입니다. 5월의 찬란한 신록과 가을의 알록달록한 단풍을 보십시오. 신록이라고 해서 다 똑같은 녹색이 아닙니다. 색도가 각기 다릅니다. 단풍 또한 마찬가지입니다. 여러 가지 색깔과 여러 가지 모양의 나뭇잎들이 한 숲에 모여 살지만, 전혀 어색하지 않습니다. 오히려 서로 다름으로 단풍이 빛납니다. 마치 서로 다른 과일 조각들이 모인 샐러드라야 제맛이 나는 것처럼.

나무를 심어 가꾸어 보면 놀라운 것들이 한두 개가 아닙니다. 새싹이 돋고, 꽃이 피고, 열매가 맺는 과정을 보는 것도 놀랍지만, 나무들이 가지를 뻗는 법을 지켜보는 일도 경이로운 일입니다. 나무 전체의 중심이 왼쪽으로 쏠릴 것 같으면 다음 해에 오른쪽으로 가지를 뻗어 스스로 중심을 잡습니다. 이것이 자연의 힘입니다. 자연 속에서 자라는 아이들 역시 마찬가지입니다. 자연의 지혜를 몸으로 익히고 터득합니다. 만덕산 숲속에서 구강포 바다를 바라보며 생활하는 늦봄 아이들 역시 마찬가지입니다. 이 아이들은 어른들이 뭐라 하든, 새가 좌우 날개로 균형을 잡듯, 아이들 역시 스스로 삶의 중심을 잡는 법을 터득해 나갈 것입니다.

사방이 콘크리트로 둘러싸인 도시 공간에서 자란 아이들은 안타까운 일이지만 적어도 한 가지 병을 앓고 있습니다. 그것은 바로 '마음껏 뛰어놀지 못하는 데서 오는 병'입니다. 현대의 도시 문화는 심하게 말한다면 '죽임의 문화'입니다. 아이들이 풀 한 포기 심어 가꿀 땅이 없고, 친구들과 마음껏 뛰어놀 공간도 없습니다. 아이들은 그 타고난 천성으로 인하여 지칠 때까지 뛰어야 합니다. 그래야 건강합니다. 하지만 집 안에서 아이들이 마음대로 뛰어놀 수 있는 여건이 조성되어 있지 않습니다.

아파트 공간이 얼핏 보면 사생활을 많이 보장해 주는 것 같지만, 사실 그렇지 않습니다. 특히 아이들이 있는 경우에는 더욱 그렇습니다. 엄마들은 아이들에게 '제발 뛰지 말라'고 사정해야 하는 공간입니다. 마음껏 뛰어야 하는데 뛰지 못하는 아이나 조금이라도 뛰는 기색이 보이면 제지하고 말리는 부모나, 스트레스를 받기는 마찬가지입니다. 이러다 보니 아이가 시름시름 앓기 시작합니다.

하지만 대부분의 도시 어른들은 아이가 왜 아픈지, 왜 짜증을 부리기 시작하는지 그 이유를 잘 모릅니다. 성적이 떨어져서, 용돈이 부족해서, 장난감이나 새 옷을 안 사 줘서 그런 줄 압니다. 그러나 아이가 아픈 진짜 이유는 바로 오랫동안 마음껏 뛰어 놀지 못해서 그런 것입니다. 자신도 모르게 마음의 병, '화병'이 생긴 것입니다.

자연 속에 자리 잡은 늦봄학교에 온 아이들은 바로 이 '죽임의 문화 공간'에서 '살림의 문화 공간'으로 이사 온 셈입니다. 우리는 자연이 지닌 놀라운 치유력을 믿습니다. 콘크리트 숲속에서 뿌리를 내리지 못하고 시들어 가던 이 아이들이 흙과 더불어 생활하면서 다시 건강을 되찾아가고 있습니다.

아이들은 채소에 물을 주고, 고추를 따고, 감자를 캐고, 밭고랑을 만들고, 풀을 뽑으면서 친구들과 잡담을 나눕니다. 때로는 밭두렁 논두렁을 뛰어다니면서 장난도 칩니다. 아무도 말리는 사람이 없습니다. 이 과정에서 아이들은 스스로를 치료합니다. 누가 가르치지 않아도 자연의 성품을 닮아 가기 때문입니다.

내일은 논에 나가 벼를 베기로 한 날입니다. '벼 베기' 할 때 쓸 낫을 아이들과 함께 미리 숫돌에 갈아 놓았습니다. 잘 여문 나락을 거둬들이면서 아이들은 수확의 기쁨을 맛볼 것입니다. 아직은 노동의 즐거움을 힘겹게 배우고 있는 과정이지만 봄에 씨앗을 뿌리고, 여름에 김을 매고, 가을에 열매를 거두는 과정에 처음부터 끝까지 참여한다는 것만으로도 유시유종의 의미를 몸으로 체득할 수 있을 것입니다.

또한 이런 농사짓기의 반복적인 과정을 통해서 밥 한 톨의 소중함을, 농사를 지어 세상 사람들을 먹여 살리는 이들의 성스러운 수고로움을, 스스로 깨닫게 될 것입니다. 그렇게 되면 왜 무위당 장일순 선생이 하나의 밥알 속에 우주가 들어 있다고 했는지, '철 좀 들어라'는 말이 '씨앗을 뿌릴 때와 열매를 거둘 때를 제대로 알아야 한다'는 뜻인 줄 비로소 터득하게 될 것입니다. 이런 깨달음은 교실

안에서 교사가 가르쳐 줄 수 있는 성질의 것이 아닙니다. 이것은 삭
막한 도시 문명의 족쇄를 과감히 벗어 던지고 맨발로 흙 위에 서서
위로는 하늘의 기운을 느끼고, 아래로는 발밑에서 생동하는 대지의
기운을 스스로 감지하려고 애쓸 때만 비로소 생기는 놀라운 깨달음
입니다.

흙 위에 선 늦봄 아이들. 지금 당장은 흙과 함께하는 노동이 힘들
고 버겁게 느껴지겠지만, 농촌의 작은 학교에서 자연과 더불어 청
소년기를 보낸 것이 얼마나 큰 축복이었는지를 알게 되기까지 그리
많은 시간이 걸리지는 않을 것이라 믿습니다.

『다기·작은 공간의 미학』을 읽고

　내가 살고 있는 고장, 영암에는 약 1,000년 전에 융성했던 도기의 영광을 기념하는 '영암도기박물관'이 있습니다. 무문토기-빗살무늬 토기-도기-시유도기-청자-분청사기-백자로 이어지는 도자의 역사를 한눈에 조망해 볼 수 있고, 세계 여러 나라의 도자기 연대를 비교해 볼 수 있는 역사관, 도기를 직접 제작하는 가마와 도기 체험장, 다기나 컵 등을 판매하는 도기 판매장, 기획 전시실 등이 자리 잡고 있어서 도자기에 관심이 있는 사람이라면 꼭 한번 방문해 볼 만한 매력적인 장소입니다. 이 영암 도기는 우리나라 도자 역사상 최초로 유약을 입힌 '시유도기'로 널리 알려져 있습니다. 주로 구림 마을과 그 인근 지역에서 생산되었으므로 일명 '구림도기'라고 불립니다.

　그런데 이 도기박물관에는 시유도기보다 수백 년 앞선 시대에 만들어진 옹관이 전시되어 있습니다. 이 옹관은 영암과 나주 일대의 영산강 유역에 주로 분포하는 항아리 모양의 관입니다. 역사책에서 옹관묘라는 말을 들어 대강 알고는 있었지만, 실물을 직접 대면한 것은 도기박물관 전시실에서였습니다. 처음 옹관을 보았을 때 받은 묘한 느낌과 충격은 그 후로도 자꾸 전시실로 발걸음을 옮기게 했습니다. 1,500년 전 사람들은 도대체 어떤 기술을 가졌기에 저토록 거대한 옹관을 만들어 낼 수 있었을까요? 물잔 하나 제대로 만들 줄 모르는 나로서는 그저 신기하고 신비스럽게만 보였습니다. 누군가의 무덤(아마도 부족장이나 세력가의 무덤)이었던 커다란 옹관 앞에 서서 한참 동안 바라보곤 했습니다.

그런데 요즘 나에게 집에 있으면서도 이와 비슷한 일이 생겼습니다. 차이가 있다면, 보고 또 보는 것이 아니라 읽고 또 읽는 것입니다. 얼마 전에 구매한 김동현 작가의 『다기·작은 공간의 미학』이라는 책에 매료되었기 때문입니다. 이 책은 우리 차 문화를 다루고 있는 기존의 책들과는 판이(判異)합니다. 기존의 차 관련 책들은 차의 역사나 문화 그리고 도자기의 역사를 단순히 학술적으로 다루고 있거나 연대기적으로 나열하고 있는 것이 대부분입니다. 일부의 책들은 차 문화 유적지의 답사 기행문을 담고 있거나, 개인적인 차 생활을 내용으로 한 수필집입니다. 전자의 책들은 관찰자적인 시각으로만 바라보기에 객관적이긴 하지만, 지극히 설명적이어서 다소 지루할 뿐만 아니라 현장감이 떨어집니다. 후자의 책들은 개인의 주관적인 감상이 많이 서술되므로 흥미가 있고 현장감이 있긴 하지만, 자칫 객관성이 떨어지기 쉽고 차 문화 전반에 걸친 전체적인 윤곽을 머리에 그려 보기가 쉽지 않습니다.

『다기·작은 공간의 미학』이라는 이 책은 주관과 객관, 설명과 묘사가 적절히 어우러져 있어서 독자들의 지적 호기심과 흥미를 동시에 충족시켜 줍니다. 이 책의 저자는 수십 년 동안 꾸준히 차를 마시며 심신을 수양해 온 다인(茶人)일 뿐만 아니라, 직접 차 도구를 만들어 쓰는 사기장인 동시에 전국의 도요지를 찾아다니면서 수많은 사기장들을 만나 이야기를 나누고 그들의 작품 세계를 취재해 온 기자이기도 합니다. 그의 이러한 독특한 이력과 취향이 이 책을 엮어 내는 데 큰 역할을 했습니다. 그러나 이런 배경들이 중요하긴 하지만, 이 책을 읽을 만한, 다인이라면 꼭 한번 읽어야 할 책으로 만드는 것은 저자의 섬세한 감성과 세심한 관찰력 그리고 유려한 필치입니다. 글 한 줄, 한 줄마다 깊은 사색과 잔잔한 감동이 배어 있습니다. 게다가 이 책 곳곳에 실린 컬러 사진은 저자의 자세한 설명과 묘사와 더불어 차 문화 전반에 대한 독자들의 이해를 돕는 데 부족함이 없어 보입니다. 사진 한 컷, 한 컷 또한 사진작가가 혼신의 힘을 다해 찍은 흔적이 그대로 나타납니다.

이 책은 주제별로 '동양의 고전 음료로서의 차', '도자기 이야기', '다기의 미학', '조선의 찻사발', '다도구', '다실' 등 총 6장으로 구성되어 있습니다. 각각의 장마다 다양한 소주제들이 있고, 저자의 생활 철학과 미학관이 섬세하고 유려한 필치로 펼쳐져 있습니다. 그의 묘사는 때로 자그마한 다실에서 피어오르는 향불 연기처럼 부드럽고, 때로 섭씨 1,300도 고온으로 타오르는 장작 가마 속의 불꽃처럼 정열적입니다. 저자가 운전하는 타임캡슐을 타고 고대의 선사 시대로부터 현대에 이르기까지 차 도구 답사 여행을 하면서, 독자들은 신비스러움과 안타까움과 민족적 자존감을 동시에 맛보게 됩니다.

그는 롤러코스터처럼 급경사로 독자들을 인도하는 것이 아니라 잔잔한 샛강이 굴곡져 흐르는 대평원과 산기슭에 인접한 구불구불한 신작로로 인도합니다. 그러나 모든 구간의 산과 강이 낮고 옅은 것만은 아닙니다. 중간중간 높은 산과 깊은 강을 만나게 됩니다. 저자는 높은 산을 넘을 때는 높은 기상과 의연한 태도를 유지하고, 깊은 강을 건널 때는 깊은 사색과 통찰력을 발휘합니다. 독자들은 그를 따라가는 동안 높은 산을 만나면 함께 높아지고, 깊은 강을 만나면 함께 깊어집니다.

이 책의 저자는 수십 년 넘도록 가마에 불을 지펴 왔습니다. 아마도 의도적으로 가마를 만들고 불을 지펴 온 것은 아닐 것입니다. 어쩌면 저자 자신도 이렇게 오랫동안 가마에 불을 지펴 온 것인 줄 모르고 있을 수도 있습니다. 그는—아니, 대부분의 차인들은— 말합니다, 조선의 사발이 그토록 찬미를 받아 온 이유는 '무작위의 미' 때문이라고. 조선의 사기장들은 찻사발을 만들 때, 완벽한 작품을 만들어 내야겠다는 의도를 가지고 특별한 노력을 기울였던 것이 아닙니다. 무심의 경지에서 그저 생활에 필요한 사발을 만들었을 뿐입니다. 수십 년 동안 사발을 만들면서 다져진 기술과 경험이 쌓이고 쌓여, 이런 자연미를 발산하는 찻사발을 만들어 낸 것입니다. 이 책을 읽으면서 비슷한 느낌을 가질 수밖에 없었습니다. 작가가 경험해 온 지난 30년 동안의 차 생활과 차 문화 관련 활동이 자신도 모르게 내면에서 숙성되고 발효되어, 임계점을 지난 어느 순간에 밖으로 표출된 것, 그것이 바로 이 책입니다. 그렇다면 이 책의 저자 역시 의도하지 않게 지극히 자연스러운 찻사발(책)을 한 점 탄생시킨 것입니다.

저자가 이 책의 제목에서 이미 밝히고 있듯이, 찻사발은 매우 작은 공간을 지닌 기물입니다. 하지만 그는 단지 작은 공간에서만 머무르지 않습니다. 찻사발의 '차고임자리'에서 시작된 의식은 오름선을 타고 입전을 넘어 무한한 우주로 확장됩니다. 유약 바른 항아리를 타고 떠난 그의 의식은 광활한 우주를 유영하다가, 어느 순간 문득 다시 찻사발 내부의 한 점 공간으로 되돌아옵니다.

저자와 함께 여행하는 독자들 또한 확장과 수렴을 반복하면서 우주의 율려를 체험합니다. 이러한 의식의 확장과 수렴의 체험은, 이 땅에서 나름대로 주관을 갖고 살아가기 위해서라도 매우 필요한 일입니다. 세상을 제대로 산다는 일은 집 밖으로 들고 나는 일과 의식 밖으로 들고 나는 일을 얼마나 잘하느냐에 달려 있습니다. 따뜻한 가루차가 담긴 찻사발을 두 손으로 받아 든 채로 차인들은 이 조그마한 찻사발이 말해 주는 존재와 소멸, 질서와 무질서, 자연스러움과 부자연스러움의 미학에 대해서 진지하게 생각하게 됩니다.

이 책, 『다기·작은 공간의 미학』의 저자는 이렇게 말합니다.

> "차의 정신에 비추어 세계를 보려고 하는 차인들에게 있어서 찻사발은 지상의 모든 그릇 중에 가장 큰 그릇이 된다. 가장 큰 그릇, 그들이 우리에게 말하려는 것에 귀를 기울여 보자."

사람의 말이든 사물의 말이든 그것에 귀 기울여 들을 줄 아는 이는 복이 있는 사람입니다. 분주함 속에서 스스로 여유로움을 찾고 차 한 잔을 음미할 줄 아는 이 역시 복 있는 사람일 것입니다. 게다

가 조그마한 찻잔 속에 들어 있는 작은 공간의 미학을 느낄 수 있다
면 금상첨화일 것입니다. 그리고 찻사발이 들려주는 이야기뿐만 아
니라, 이 독특한 차 이야기꾼이 들려주는 이야기들을 끝까지 듣다
보면 우리 차 문화에 대한 지식이 깊어져, 이미 예전과는 다른 차인
이 되어 있음을 알게 될 것입니다.

행복한 가을밤

따사로운 햇살이 내리쬐는 늦가을 오후, 고구마를 캐기 위해 형돈, 경민 두 아이를 데리고 오랜만에 텃밭에 나갔습니다. 나는 삽을, 아내는 호미를, 두 아들은 조그마한 꽃삽을 들었습니다. 그리고 잠시 집에 들른 백승돈 화백님은 쇠스랑을 들었습니다.

사실 말이 고구마밭이지 풀밭이나 다름없습니다. 밭둑 넘어서 보면 고구마 넝쿨은 보이지 않고 강아지풀만 무성합니다. 동네 사람들은 이 텃밭을 지날 때마다 혀를 끌끌 찹니다.

"허허, 좋은 밭 다 버려 놨네. 저게 풀밭이지, 고구마밭이여? 쯧쯧."

하지만 나는 그런 비아냥거림에 상관하지 않았습니다.

올여름에 처음 고구마를 심을 때, 동네 사람들이 이구동성으로 하는 말이 하나 있었습니다.

"심기 전에 제초제 뿌리고, 심은 다음에는 풀 안 나게 하는 약 쳐 부러! 그라믄 깨끗해 불제. 농약 안 치면 아무것도 못 먹어. 풀에는 장사 없응께."

마침 집수리 기간과 겹치는 바람에 제때 풀을 뽑아 주지 못했습니다. 그런데 시기를 놓치고 나니 오히려 마음이 편해졌습니다.

‘에이, 풀과 함께 키우지, 뭐. 이것이 자연농법 아닌가?’

게으른 변명이지만 사실 맞는 말이기도 했습니다. 나는 대규모로 고구마 농사를 지어서 시장에 내다 파는 프로 농부가 아니라 그저 작은 텃밭에서 자급자족할 만큼만 푸성귀를 생산해 내면 되기 때문입니다. 아이들에게는 이러한 농법을 ‘태평농법’이라 한다고 말해 줬습니다. 말해 놓고 나니 멋쩍은 생각이 들어 아내를 보며 씩 웃었습니다. 아내 역시 아빠의 기를 살려 주기 위해 맞장구를 쳐 줍니다.

“그럼, 농약 안 하고, 화학 비료 안 주고, 풀과 함께 키우면 미생물 서식지가 되어 땅심이 좋아진단다. 태평농법으로 지은 곡식은 안심하고 먹을 수 있단다. 최고의 자연농법이지. 수확량이 적은 게 흠이지만.”

아이들은 눈을 크게 뜨고 고개를 끄덕였습니다.

이윽고 풀 속에 숨어 있는 고구마 줄기를 찾아내어 땅속 깊이 한 삽 떠올렸습니다. 오, 이럴 수가! 7살 난 형돈이 엄지손가락 크기의 고구마가 서너 개나 쑥 올라왔습니다. 형돈이가 함성을 질렀습니다.

“와, 고구마다, 고구마! 엄마, 여기 좀 봐요!”

곁에서 지켜보던 경민이도 꽃삽을 든 채 만세를 부릅니다. 우리 가족은 신이 났습니다. 아내와 나는 부지런히 손을 놀렸습니다. 황토밭이라 그런지 고구마 색깔도 빨갛습니다. 열 두둑을 캐자 수확한 양이 제법 많았습니다. 중간에 아내는 일손을 멈추고 고구마를 찌러 갔습니다. 경민이는 꽃삽을 든 채 엄마를 따라갑니다. 형돈이는 좀처럼 흥분을 가라앉히지 못하고 고구마를 주워 담느라 정신이 없습니다. 갑자기 흙 묻은 손으로 고구마 몇 뿌리를 들고 함성을 지롭니다.

"아빠, 이것 좀 봐요. 엄청 커요."

"오, 정말 그렇구나. 네 동생 얼굴만 하구나."

은적산 너머로 해가 넘어가는 모양입니다. 밭둑에 하얗게 핀 억새꽃이 붉게 물들어 바람에 휘날리고 어린 아들의 두 뺨도 노을에 물들었습니다. 함께 고구마를 캐던 백 선생님 내외분도 좋기는 마찬가진가 봅니다.

"허허, 이런 풀밭에서 이렇게 예쁜 고구마가 나올 줄이야. 평소에 보면서 기대도 하지 않았는데 말입니다."

"아빠! 선생님! 고우마 다 쪘쩌요! 고우마 드세요!"

제 엄마를 따라갔던 경민이가 밭두렁에 와서 서툰 발음으로 우리를 부릅니다. 농기구를 챙기고 집으로 가려 하자, 형돈이가 볼멘소리를 합니다.

"아빠, 고구마 더 캐고 싶어요, 네?"

"형돈아, 오늘은 그만하고 엄마가 찐 고구마 먹도록 하자. 일도 다음에 할 것을 남기는 게 더 좋단다. 한꺼번에 다 해 버리면 재미없잖아. 남은 고구마는 내일 또 캐자, 알았지?"

아이는 그 말을 이해했습니다. 다시 얼굴이 홍시처럼 환해졌습니다.

다실에 앉아 따뜻하게 우려낸 녹차를 곁들여 막 찐 햇고구마를 호호 불어 가며 먹었습니다.

"이것은 보통 고구마가 아니구먼. 완전히 보물이구먼, 보물."

백 선생님이 웃으면서 말합니다.

"고구마 캐는 것이 아니라 무슨 보물찾기 하는 줄 알았어요."

곁에서 사모님이 거들었습니다.

"요즘에 이런 무공해 고구마가 어디 있습니까? 정말 보물입니다. 그런데 나눠 먹긴 나눠 먹어야 하는데, 누구 주기가 아깝다는 생각이 들 정도입니다. 이거 하도 귀한 거라서 말이지요."

내가 맞장구를 쳤습니다.

작설차를 마시며 창밖을 보니 어느덧 둥근 달이 월출산 봉우리 위에 걸려 있습니다. 뒷마당 감나무에서 홍시 떨어지는 소리가 '툭, 툭' 정적을 깹니다. 댓잎 서걱이는 소리가 차분한 것을 보니 서늘한 소슬바람이 마당 가 대숲을 지나가는 모양입니다. 이제 저 바람은 고샅의 이팝나무 가지 사이를 지나 텅 빈 들판으로 홀연히 사라질 것입니다. 근원을 알 수 없는 곳에서 왔으니, 다시 근원을 알 수 없는 곳으로 돌아가겠지요.

어디 바람뿐이겠습니까. 우리 인간의 삶 또한 그와 다르지 않을 것입니다. 우리는 늘 목적지를 확인하며 산다고 자부하지만, 진정으로 삶을 느끼며 '실존'하는 순간은 그리 많지 않습니다. 그런 맥락에서 본다면, 흙 묻은 손으로 햇고구마를 나누며 웃음꽃을 피우는 이 가을밤이야말로 내 생애에서 몇 안 될 찬란한 실존의 순간일 것입니다.

내일 날이 밝으면 때깔 좋은 것들로 몇 개 골라 추려야겠습니다. 월출산 노적봉 아래 견성암에서 동안거 중이신 스님께 이 '태평농법'의 보물을 가져다드리면, 다가올 스님의 겨울도 조금은 더 따뜻해지겠지요.

Part IV

겨울

마흔 즈음에

스물아홉 나이가 되던 해, 나는 몹시 외로웠습니다. 스물아홉! 청춘의 상징으로 여겨지는 20대의 끝에 선 것입니다. 아쉽고 허전한 마음과 더불어 문득 두려운 생각이 들었습니다.

'아, 정말로 가는구나. 그토록 번쩍이던 20대가 이렇게 허무하게 가는구나. 이제는 나도 그토록 멀게만 느껴졌던 서른 줄에 다가서는구나!'

갑자기 황량한 바람만 부는 사막 한가운데에 홀로 남겨진 느낌이 엄습해 왔습니다. 한 번도 진지하게 뒤돌아봄 없이 앞만 보고 달려왔는데, 문득 정신을 차리고 보니 황량한 벌판 한가운데에 혼자 외롭게 서 있는 것이었습니다.

깊은 회의감과 자괴감이 몰려왔습니다.

'치열하게 살고 싶었는데…. 정말 치열하게 살고 싶었는데…. 뒤돌아보며 후회하는 삶을 살고 싶지는 않았는데….'

도무지 마음이 잡히지 않았습니다. 가장 소중한 무엇인가를 잃어버린 듯한 느낌이 머리에서 떠나지 않았습니다. 이런 상태로 일상생활을 한다는 것이 무의미하다는 생각이 들었습니다. 뭔가 마음의 정리가 절실히 필요했습니다. 만사를 제쳐 두고 고향으로 내려갔습니다. 그리고 단식을 했습니다. 3주일 단식을 하면서 거의 물만 마셨습니다. 체중이 9kg이나 빠졌지만, 겁이 나지는 않았습니다. 단식을 하면서 날마다 갈대와 억새 잎이 서걱거리는 겨울 들녘과 눈 쌓인 오솔길을 혼자서 묵묵히 걸었습니다. 일부러 차가운 겨울바람을 맞으면서 무작정 걸었습니다.

물만 먹으면서 그렇게 오랫동안 지낸 적은 처음이었습니다. 생활하는 데 큰 지장은 없었습니다. 오히려 속이 편하고 머리가 맑아졌습니다. 잠도 잘 오지 않았습니다. 하루 3시간, 4시간의 잠만으로도 충분했습니다. 3주일의 단식이 끝난 후, 신체적·정신적으로 많은 변화가 있었습니다.

사실, 10대와 20대의 나는 상당히 외골수였습니다. 내가 옳다고 생각한 것에 대해서 쉽게 양보하지 않았습니다. 사람들과 이야기를 나누고 사귀는 것을 좋아했지만, 속마음을 터놓고 이야기할 만한 친구는 쉽게 사귀지 못했습니다. 지금 생각해 보면 그 당시에 아량과 포용력이 부족했기 때문일 것입니다.

단식 후 나를 만난 사람들은 조금 놀란 듯했습니다. "사람이 좀 부드러워졌다"는 말을 많이 들었습니다. 왠지 그 말이 좋으면서도 한편으론 씁쓸했습니다. 사람이 부드러워진다는 것, 그것은 어쩌면 나이가 들어 간다는 것을 의미하는 것인지도 모릅니다. 좋게 말하면 세상에 대한 이해가 넓어지고 포용력이 생긴 것이고, 나쁘게 말하면 자기 소신이 무뎌지고 세상에 대해 타협하는 기술이 늘어난 것일 것입니다. 최영미 시인의 시집, 『서른, 잔치는 끝났다』가 왜 그렇게 불티나게 읽히는지, 김광석의 〈서른 즈음에〉라는 노래가 왜 그렇게 가슴에 와닿았는지, 서른이 한참 넘은 뒤인 지금에야 깨닫고 있습니다.

"또 하루 멀어져 간다…"

요절한 가수 김광석의 호소력 있는 목소리가 서른을 훌쩍 넘긴 허깨비 같은 한 사내의 허전한 가슴속을 애절하게 파고듭니다.

그런데 이제 어느덧 마흔 즈음에 섰습니다. 마흔. 서른이라는 낱 말이 주는 느낌과 마흔이라는 단어가 주는 느낌은 소름 끼치도록 다릅니다. 사람들은 마흔이라는 나이를 '불혹(不惑)'이라 부릅니다. 불혹이라…. 세상의 유혹을 이겨 낼 수 있는 나이라고 마흔 줄에 선 사람들을 애써 위로합니다. 좋은 말이긴 하지만 왠지 유치해 보입니다. 마흔이 넘은 사람들이 속세의 유혹을 이겨 내 삶을 달관했다는 경우를 거의 본 적이 없습니다. 오히려 20대, 30대 나이 때 나름대로 순수하고 도덕적이었던 사람들이 마흔 줄에 오면서 세상과 타협하고 타락한 경우를 더욱 흔하게 보아 왔습니다.

어쨌거나 이제 정말로 청춘에서 멀어져 버린 느낌입니다. 치열하게 살지도 못했고, 이룬 것도 없는데 말입니다. 내가 나이 들어 가는 것에 아랑곳없이 예쁘고 발랄한 청춘 남녀들은 매끄러운 얼굴을 처들고 두 팔을 마음껏 휘두르며 거리 한복판을 가득 누빕니다.

"보라, 세상은 우리 10대, 20대 젊은이들의 것이다. 40대 노인들은 저리 비켜라!"

배꼽티와 찢어진 청바지를 입고 쾌활하게 거리를 활보하는 저 젊은이들을 바라보는 것만큼 기분 좋은 일이 또 있을까요? 심하다 싶을 정도의 노출도 젊은이들에게는 오히려 매혹적이고 아름답습니다. 젊다는 이유 하나만으로도 젊은이들은 다 멋있어 보입니다. 걷는 모습, 말하는 모습, 웃는 모습, 우는 모습, 심지어는 술에 취해 몸가짐이 흐트러진 모습조차도 좋아 보입니다. 그러면서도 한편으로는 시샘이 생깁니다. 늘어만 가는 허리둘레와 눈가의 주름은 세월의 흐름이 인간에게 무엇을 의미하는지 말해 줍니다.

젊음의 뻗쳐 오르는 기운으로 시끌벅적한 거리와 공원, 막걸리 몇 잔을 앞에 놓고 암울한 시국을 논하고 나름대로는 진지한 철학과 인생을 논하던 학교 앞 목로주점, 지난밤 마신 술이 채 깨지 않아 시험 시간도 모르고 잠이 들었던 잔디밭 나무 그늘. 그리고 이런 공간에서 만나 이야기를 나누었던 친구들. 그때는 누구든지 내 말을 들어 주고, 나를 이해해 주고, 나를 벗으로 받아 줄 것이라 확신했었습니다. 내 주장에 대한 자신감에 넘쳐 있었고, 나 또한 타인의 이야기를 들어 줄 준비를 하고 있었습니다. 밤새워 토론하고, 쉴 새 없이 주절거렸습니다.

청춘이란 청정한 산골짜기 상부에서 발원한 샘물이 나무뿌리와 돌 틈 사이로 천천히 흐르다가, 갑자기 가파른 절벽을 만나 하얀 물보라를 일으키며 거칠게 쏟아지는 폭포수와도 같은 것이었습니다. 앞만 보고 거침없이 내달리는 물은 자신은 물론 자신을 바라보고 있는 타인도 의식하지 않습니다. 다만 흐를 뿐입니다. 젊음 또한 그런 것이 아니겠습니까? 마음속에 있는 생각들을 아무도 의식하지 않고 거침없이 밖으로 드러낼 수 있는 것은 젊음만이 가지고 있는 특성일 것입니다.

그러나 지금은 타인에게 함부로 자신에 대해서 말하지 않습니다. 말하지 못한다는 편이 솔직한 말일 것입니다. 누구에게 다가간다는 것이 이제는 두렵습니다. 나 자신과 타인을 너무 의식하다 보니 자신을 솔직하게 드러내 보일 수가 없습니다. 가파른 계곡을 타고 거침없이 흐르던 물이 한순간 모래와 돌 틈 속으로 스며 들어가 자취를 감추어 버린 형상입니다.

'아, 젊음이란 그런 것이었나 보다. 누구에게나 다가갈 수 있고, 누구든지 받아들일 수 있는 자세를 갖추고 있다는 사실이 바로 젊다는 증거였구나.'

서로 부딪치며 소란스러운 소리를 내면서도 시끄럽다고 생각하지 않습니다. 소나무 아래 누워서 한가로이 떠 가는 구름을 바라보기보다는 밧줄에 매달려 아득한 암벽을 오르는 것이 더 어울립니다. 항상 도전하고 앞만 바라보며 걷습니다. 청춘이란 그런 것이었습니다.

그런데 지금은 시끄러운 곳보다는 조용하고 한적한 곳이 좋습니다. 굉음을 일으키며 거칠게 흐르는 폭포보다는 물미나리 향기 가득하고 자운영꽃 흐드러진 논둑 아래로 잔잔히 흐르는 시냇물이 더 좋습니다. 수양버들 길게 늘어져 닿아 있는 개여울에서 수많은 작은 원을 그리며 노니는 버들치와 피라미를 바라보다가 지난날의 추억을 떠올립니다. 때로는 미소 짓고, 때로는 얼굴을 붉힙니다. 하지만 추억을 떠올리는 일이 많아질수록 그 사람의 청춘은 또 하루 멀어져 가는 것입니다.

나이 든 사람들과 나이 들어 가는 사람들을 위로하기 위하여 사람들은 애써 말합니다, 아름다운 추억거리를 많이 만드는 것이 삶을 풍요롭게 사는 것이라고. 그러나 기억할 만한 아름다운 추억이 많다고 한들 무슨 소용이 있을까요? 나는 마흔 즈음에 접어들었고, 내 청춘은 이미 멀어졌는데. 친구들을 사귀기는 더욱 어렵고, 별빛처럼 반짝거렸던 눈동자는 번뇌와 욕망에 찌들러 흐릿해졌는데.

박노해 시인은 몇 해 전 사람이 늙는 이유에 대해서 이렇게 말한 적이 있습니다.

“사람은 단순히 나이와 함께 늙어 가는 것이 아니라 꿈과 이상을 잃어버릴 때 늙어 갑니다. 미래를 품고 살아가는 사람은 나이가 들어도 늘 푸른 청춘입니다.”

또한 영국의 저명한 극작가인 조지 버나드 쇼는 중년에 접어드는 때를 “인생의 참 기쁨의 맛을 발견하는 시기”라며 이렇게 말합니다.

“중년은 인생에서 누릴 수 있는 참 기쁨입니다, 삶은 잠깐 타고 마는 촛불이 아니라 횃불입니다. 그래서 나는 다음 세대에 넘겨주기 전까지는 밝게 활활 타오르기를 바랍니다.”

이 글들을 여러 번 읽었습니다. 꿈과 이상을 간직하고 있는 한 사람은 늙지 않는다고 시인은 말합니다. 또한 주체하지 못하는 열정으로 방황하던 청춘기를 지나 40대 중년기에 접어들면서, 인생을 자신의 의지대로 활용할 수 있다고 버나드 쇼는 말합니다. 진짜 삶의 기쁨을 누릴 수 있는 때는 바로 중년이라고.

참 좋은 말들입니다. 청춘에서 자꾸 멀어져 가는 사람들에게 얼마나 위로가 될 법한 말입니까? 위 시인들의 주장에 대해 반박할 생각은 없습니다. 많은 사람들이 지적한 것처럼 청춘은 마음속에 있는 것인지도 모릅니다. 하지만, 서른, 마흔, 쉰, 예순…. 비록 인위적으로 정해 놓은 시간이라 하더라도 우리의 젊음이 저 예정된 세월의 통로 속으로 지나가야만 한다고 생각하면, 두렵지 않습니까? 몸이 늙어 가는데, 내 몸 하나 움직이기 힘든 시기가 오는데, 꿈과 이상을 잃지 않고 늙어 갈 자신이 있습니까?

마흔 즈음에 지나온 길을 돌아보며 이토록 긴 넋두리를 늘어놓는 이유는 분명합니다. 청춘의 하루하루를 진정으로 충실히 살지 못했다는 자책 때문입니다. 만일 오늘 하루를 온전히 살아낼 수만 있다면, 무엇이 두렵겠습니까. 늙음도 죽음도 겁나지 않을 겁니다.

하루를 제대로 살지 못한 자의 하소연이고 넋두리일 것입니다. 언제나 하는 이야기고 들은 이야기지만, 젊은 날의 시간은 소중하게 쓸 일이었습니다. 이렇게 평범하고도 단순한 말이 청춘이 다 가고 난 후에서야 비로소 가슴 저리게 다가옵니다.

새해 해맞이 단상

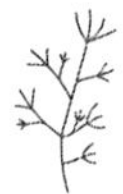

사람들은 해가 바뀔 때마다 새해 아침을 가볍게 넘기려 하지 않습니다. 매일 뜨는 태양이지만, 새해 첫날에 뜨는 해님에게 뭔가 특별한 의미를 부여하고 싶어 합니다. 해마다 12월 31일이 되면, 수많은 사람들이 저마다의 절실한 소망을 마음에 품은 채 장엄한 해오름과 해넘이를 보기 위해 바다로 떠납니다. 해맞이 장소로 제법 유명해진 곳마다 사람들로 인하여 북적댑니다. 일상을 영위하는 현재의 거주지에서는 일출, 일몰은커녕 열린 하늘 한번 보기도 힘들기 때문일 것입니다.

우리는 여러 유적과 유물들을 통하여 고대인들이 '태양신'을 섬겼다는 사실을 잘 알고 있습니다. 옛사람들은 죽은 후에도 머리를 동쪽으로 향하게 하여 매장을 했다고 합니다. 어쩌면 그 고대인들의 유전인자가 지금까지 현대인들의 핏줄 속에 남아 있기 때문일까요? 사실 그럴 가능성이 충분합니다. 천체의 운행을 이해할 만큼 과학이 발달하지 못한 시대에 살았던 사람들이 겨울을 두려워하고 밤을 두려워했던 것은 너무나 당연한 일이었습니다. 캄캄한 어둠을 걷어 주는 태양이 얼마나 신비스럽고 고마운 존재였겠습니까? 만일 태양이 떠오르지 않는다면 어둠이 계속될 것이고, 그렇게 되면 그것은 곧 죽음을 의미하는 것이었으니까요. 사람들은 동녘 하늘에서 태양이 솟아오르기를 경건한 마음으로 소망했고, 그 간절한 기원이 마침내 태양을 신으로 숭배하게 된 원천이었습니다. 그래서 그토록 많은 태양 신전이 있고, 태양을 찬양한 시와 노래가 천지에 넘치고 있습니다. 사실 인류의 종교와 문학과 예술의 시원은 바로 태양 숭배로부터 나왔다고 해도 과언이 아닙니다. 천문 과학이 고도로 발달한 오늘날 역시 마찬가지입니다.

잠시라도 고달픈 일상생활에서 벗어나고자 하는 사람들이 가는 곳이 어디입니까? 바로 태양을 가장 잘 바라볼 수 있는 곳입니다. 그곳은 바로 산봉우리와 바다입니다. 유럽인들이 휴가철만 되면 아프리카와 동남아시아로 여행을 가는 이유 또한 마찬가지입니다. 일조량이 풍부한 곳을 찾아가는 것이겠지요. 이것은 어쩌면 인간에게 내재해 있는 본능인지도 모릅니다. 해바라기가 태양이 바라보이는 곳으로 고개를 돌리는 것처럼, 사람들도 태양이 제대로 보이는 곳으로 순례를 떠나는 것이겠지요.

나는 고향으로 이사 온 후부터는 항상 마을에 있는 호숫가 정자에서 해맞이를 합니다. 원풍정 해맞이는 여러모로 이로운 점이 많습니다. 첫째, 멀리 가지 않고서도 해맞이를 할 수 있기 때문에 비용이 들지 않습니다. 둘째, 관광 명소가 아니라서 많은 인파로 붐비는 일이 없고, 소란스럽지 않습니다. 셋째, 마을 앞에 펼쳐진 들녘과 월출산을 배경으로 떠오르는 태양을 바라보는 일은 새삼 고향의 소중함과 아름다움을 되새기게 해 줍니다.

올해에도 원풍정에서 아내와 함께 신년 해맞이를 했습니다. 정자 마루에 서서 멀리 월출산 능선 위로 번지는 아침노을을 바라봅니다. 하늘가 조각구름들이 석류 알처럼 붉게 물들기 시작하더니, 그 알갱이 사이로 마침내 해가 모습을 드러냅니다. 월출산 미왕재 너머로 해가 얼굴을 내미는 순간, 살얼음이 깔린 호수 위로 함박눈이 내렸습니다. 떠오르는 태양과 펄펄 날리는 눈이 현란한 빛과 색으로 어우러지며 원풍정을 감싸는 순간, 뭔가 상서로운 느낌을 받았습니다. '아! 올해는 좋은 일이 많이 있겠구나!'

발걸음을 잠시 옮겨, 바위 위에 우뚝 서 있는 두 그루 소나무 가지 사이로 동쪽 세상을 엿보았습니다. 역시 먼 곳의 경치는 가까운 곳의 사물과 조화를 이룰 때 오히려 빛이 납니다. 멀리 있는 것과 가까이 있는 것은 상호 의존적입니다. 상대가 있음으로써 오히려 어느 한 편이 돋보입니다. 소나무에서 떨어져 먼 풍경만 바라보면 정말 운치가 떨어집니다. 눈부신 햇살이 나뭇가지 사이를 헤집고 들어옵니다. 밤새 추위에 떨던 나뭇가지와 잎사귀들이 필사적으로 온몸을 위로 밀어 올리며 따사로운 햇살을 움켜쥡니다. 물관을 타고 흐르던 온기가 나무 몸통을 따뜻하게 데우면, 솔잎 끝마다 방울방울 이슬이 맺히고 그 이슬방울 속에 넓은 하늘과 산과 들과 호수와 나무들이 속속 들어와 박힙니다. 이슬방울의 개수만큼, 눈 내리는 소우주가 나뭇잎 끝에 매달려 반짝입니다. 문득 한 줄기 바람이 가지를 흔들고 지나갑니다. 솔잎에 매달렸던 수많은 우주가 우수수 떨어져 내립니다. 물방울이 곤두박질친 자리에 다시 새로운 이슬방울이 차례로 매달려 빛을 머금습니다.

이른 아침에 일어나 이슬 맺힌 나뭇잎 사이를 헤치며 떠오르는 태양을 바라보는 일은 가슴에 희망을 새기는 일이며, 지난한 삶의 굴곡을 바르게 펴는 경건한 의식입니다. 송구영신의 마음으로 해맞이 의식을 위해 먼 길을 떠나는 사람들 또한 이와 같은 마음일 것입니다. 그 소중하고도 절실한 마음을 함부로 무시할 생각은 추호도 없습니다. 그런데 새해부터는 집 가까운 곳에 해맞이 명소를 만들어 놓고, 시간이 날 때마다 찾아가 해맞이 명상을 해 보면 어떨까요? 꼭 먼 곳에 가서 해맞이를 해야만 마음이 맑아지고 각오가 새로워지는 것은 아닐 겁니다. 앞마당에서, 집 앞동산 언덕에서, 마을 정자에서, 혹시 가능하다면 도시 아파트 거실의 넓은 창문 앞에서, 해맞이를 할 수는 없을까요? 새해맞이 해오름 의식도 좋지만, '새날맞이' 명상을 할 수 있는 해맞이 명소를 집 가까운 곳에 하나 마련해 놓는 것도 큰 자산일 것이라는 생각이 듭니다.

아침 해가 이제 산등성이에서 제법 멀어졌습니다. 월출산 봉우리 위로 솟아오른 태양은 모정마을 호수에 제 모습을 비추어 보면서 몸단장을 합니다. 아무 말 없이 조용히 그 광경을 지켜보고 있던 아내와 나는 한 해 소원을 비는 해맞이 의식을 마치고 집으로 돌아왔습니다. 사립문을 열고 들어오니 마당 위에도 환한 아침 햇살이 가득 퍼지고 있었습니다.

이 땅을 살아가는 모든 이에게 올 한해도 평안과 행복이 가득하길, 그리고 온 누리에도 평화의 기운이 충만하길 기원합니다.

설날 아침, 차례를 지내며

설날 아침에 정성껏 차를 달여 차례를 지냈습니다.

차례는 제사와 다른 의미로 모시는 의식입니다. 제사는 저녁에 모시지만, 차례는 낮에 모십니다. 제사는 직계 조상님을 추모하고 기리는 의식이지만, 차례는 조상님뿐만 아니라 천지신명께도 올리는 다짐과 감사 의식입니다. 철이 바뀔 때, 계절이 바뀔 때 조상님께 각자의 사정을 보고하고 마음을 가다듬는 의식입니다. 중요한 것은 마음가짐이라고 생각합니다.

과거에는 대보름, 단오, 칠석, 백중 때에도 차례를 지냈습니다. 지금은 설과 추석에만 차례 지내는 풍습이 남았습니다. 설날 아침에 지내는 차례는 일 년 계획과 목표를 세우고 그것을 조상님과 천지신명께 고하면서 다짐과 각오를 다지는 의식입니다. 새해에는 뜻하는 바를 이루기 위해 최선을 다해 노력하겠다는 의지를 다지는 것이지요.

추석날 아침에 모시는 차례는 풍성한 결실을 허락해 준 하늘에 감사드리는 '감사의식'입니다. 한국식 추수 감사제라고 해도 무방합니다. 오늘의 나를 있게 해 준 조상님들께도 감사드리는 것은 당연한 일이겠지요.

차례(茶禮)는 말 그대로 정성껏 차를 달여 예를 갖추는 행위입니다. 차례상에는 차를 올려야겠지요. 차는 수천 년 동안 우리 민족과 동고동락해 왔습니다. '일상다반사'라는 말속에 그 증거가 남아있습니다. 흔하게 있는 일을 차를 마시는 일에 비유한 것이지요. 또 다방(茶房)도 있습니다. 다방은 원래 고려 시대와 조선 시대 때 차(茶)를 관리하고 차례를 관장하는 국가 기관이었습니다. 팔관회 같은 국경일이나 왕비 책봉, 세자 책봉과 같은 큰 행사 때, 외국 사신들을 접대할 때, 다방의 역할이 컸습니다. 다방에서 근무하는 사람들을 다모(茶母)라고 했습니다. 다모는 여형사 역할도 했었지요. 그래서 다모는 40kg에 달하는 쌀가마니를 번쩍 들 수 있을 정도의 강한 힘과 담력을 소유해야 채용될 수 있었습니다. 이 다방은 조선 말기까지 존속했습니다.

고려 때 중형에 대해 국왕이 직접 사형이나 귀양을 결정하는 '중형주대의(重刑奏對儀)'라는 의례가 있었습니다. 중형이란 엄중한 형벌이고, 주대란 임금께 대답을 여쭙는 것을 말합니다. 사형과 같은 중대한 결정을 내리기 전에 차를 마시면서 다시 한번 심사숙고하는 과정을 거치는 의식으로, 『고려사』에 전 과정이 상세하게 기록되어 있습니다.

"다방(茶房)의 참상관이 차를 올린다. 집례는 국왕을 향해 절을 하고 차를 권한다. 단필과 주대를 맡은 관리가 들어와 〈형량을〉 아뢰면 단필로 참형의 판결을 삭제하고 감형해 유인도로 들어보내라고 한다.”

　이처럼 중대한 사안을 논의하기 전에 차 한잔으로 마음을 바르게 가다듬는 의례는 인간 존엄성에 대한 존중을 보여 주는 우리 전통 문화의 대표적인 사례 중 하나라고 하겠습니다.

　조선왕조실록을 보면 차례를 얼마나 중시했는지 자세히 기록되어 있습니다. 특히 중국 사신이 도착하면 임금이 직접 나서서 차를 대접해야 합니다. 임금이 아플 시에는 세자가 대신 주관했습니다. 세종과 성종은 외국 사신을 맞아 무려 300번이 넘는 접빈다례를 했습니다. 부모님께 생신을 맞아 차를 올리는 것을 진다(進茶), 하느님이나 부처님께 차를 올리는 것을 헌다(獻茶), 설이나 추석 명절 때 조상님께 정성껏 마련한 음식과 함께 차를 올리는 것을 차례(茶禮)라고 합니다.

　차와 함께 먹는 음식을 다식이라고 합니다. 송화 다식, 흑임자 다식, 콩 다식 등이 주를 이룹니다. 여러 가지 문양의 다식판이 있어서 이 틀에 찍어 냅니다. 물론 역사의 굴곡 속에서 차례상에 차 대신 정화수나 술을 올리는 풍습이 정착되기도 했습니다. 하지만 풍습의 뿌리는 깊어서, 우리는 여전히 술을 올리면서도 ‘주례’가 아닌 ‘차례’라 부릅니다. 명칭 속에 이미 우리가 회복해야 할 본질이 담겨 있는 셈입니다.

　우리가 자랑할 만한 전통차 문화 중에서 ‘다시(茶時)’라는 것이 있습니다. 다시제도는 관리의 비행을 조사하고 풍기를 잡는 사헌부에서 매일 한 차례씩 모여서 차를 마시며 국사를 논하는 회의 시간을 가리킵니다. 다시는 고려와 조선 시대에 정립된 제도로서 청백리 정신에서 비롯된 것이었습니다. 관리의 비행을 감찰하던 사헌부의 감찰관들은 낮의 다시가 되면 사헌부의 다시청(茶時廳)에 모여 차를 마시면서 비위(非違)를 저지른 관리에 대한 정보를 교환하였습니다. 대사헌, 집의, 장령, 지평, 감찰 등으로 구성된 이 다시 의례는 굉장히 엄격하고 절도 있게 진행되었습니다.

사헌부에서의 다시는 고려시대부터 시작되어 조선말까지 유지되었던 깊은 역사를 지니고 있습니다. 이 다시는 고종황제 때까지 이어졌습니다. 성격과 내용은 다르지만, 영국이나 유럽의 티타임은 산업혁명 이후에 정착된 관행이니 고작 200년 남짓 되었지만, 우리 나라의 다시제도는 1,000년 전으로 거슬러 올라갑니다.

그리고 조선 초엽에는 야다시(夜茶時)라고 하여 비상시에 사헌부의 감찰이 밤중에 회합하는 경우도 있었습니다. 신하들 가운데 간사하고 탐욕스러워 비리를 저지른 자가 있으면 그 집 근처에서 야다시를 열었습니다. 그 사람의 죄상을 흰 널빤지에 써서 그 집의 문 위에 걸고, 가시나무로 문을 단단히 봉한 뒤 서명을 했습니다. 그렇게 되면 그 사람은 세상에서 고립되어 버림받게 되었습니다. 그러나 이것이 지나쳐 삼인성호 고사처럼 특정 대상을 무고하는 부작용이 발생하기도 했습니다. 결국 사헌부의 야다시는 조선 후기 들어 사라졌고, 그 때문에 사헌부의 감찰이 많이 해이해졌습니다. 그래서 야다시는 나중에 '잠깐 사이에 작당하여 남을 때려잡는다' 혹은

‘예상하지 못한 봉변’을 뜻하는 부정적인 말로 통용되었습니다.

요즘은 많은 사람들이 제사와 차례를 혼동하고 있으며, 심지어는 설날이나 추석에도 차례를 생략하는 경우도 있다고 합니다. 차례를 지내고 안 지내고는 개인의 선택이겠지만, 갈수록 세시풍속의 취지와 의미가 퇴색되어 가고 있어서 안타까운 마음이 듭니다. 차례 음식 장만이 힘들어서 그런다면 크게 고민할 필요가 없습니다. 차례의 본질은 풍성한 상차림이 아니라 정성을 다한 마음입니다. 음식은 가족들이 오랜만에 모였으니 맛있게 나눠 먹기 위한 것이지 조상님께 바치려고 장만하는 것은 아닙니다. 따라서 차 한잔만이라도 정성껏 달여서 차례상에 올리고 예를 갖추면 충분합니다.

설날 아침, 맑은 물을 끓이고 차를 달여 조상님께 차 한잔 올리는 여유를 회복해 보면 어떨까요. 다관에서 찻잔으로 또르르 떨어지는 찻물 소리와 함께, 새해의 다짐을 천지신명과 조상님께 고하는 그 경건한 시간이 우리 삶을 더욱 맑고 향기롭게 만들어 줄 것입니다.

철 이른 매화에게

창밖이 세찬 바람으로 몹시 소란스러워 일찍 잠에서 깨었습니다. 방을 둘러보니 큰아이 형돈이는 안 보이고, 둘째 경민이는 만세를 부른 채 엄마 품에서 곤히 잠들어 있습니다. 형돈이는 할머니 방에서 자고 있습니다.

열세 살 되던 날인 1월 1일, 아침밥을 먹다가 갑자기 형돈이가 물었습니다.

"아빠, 오늘부터 할머니 방에서 자도 돼요?"

"왜 그러지?"

"할머니 혼자 주무시면 외로우실 테니까요."

아이의 생각이 기특했습니다.

"그래, 그렇게 하렴. 할머니가 좋아하시겠구나."

그 이후부터 형돈이는 날마다 할머니와 같이 잤습니다. 늦은 저녁에 한 번씩 가 보면 어머니는 잠들어 있는 손자 얼굴을 내려다보며 머리카락을 연신 쓰다듬고 계셨습니다.

할머니 곁에서 잠들어 있는 형돈이를 보면 옛날 생각이 납니다. 어렸을 때 저 역시 할머니 방에서 잠을 잤습니다. 어머니와 함께 잔 기억이 별로 없습니다. 열여덟 살 때 봄 삼짇날 할머니가 돌아가실 때까지 함께 한방에서 살았으니 할머니에 대한 정이 남다릅니다. 사람은 한 집에서 부대끼며 살아야 정이 드는 법인가 봅니다.

몇 년 전에 몸이 불편하신 어머니가 화장실 가려고 일어나시다가 넘어지셨습니다. 노인들은 넘어지면 신체에 엄청난 충격을 받습니다. 뼈가 약하기 때문이지요. 어머니를 업고 병원에 가서 치료를 받았습니다. 함께 온 형돈이가 그 과정을 찬찬히 지켜보더니 집에 오는 길에 묻더군요.

"아빠, 왜 할머니를 업어요?"

"할머니가 힘이 없어서 쓰러지셨으니까 그러지."

"왜 할머니는 아프고 쓰러지고 그래요?"

"사람이 나이가 들면 병이 나고 몸이 약해지는 법이란다. 엄마, 아빠도 나이가 들면 마찬가지지. 엄마, 아빠가 나중에 할머니처럼 쓰러지면 너는 어떻게 할래?"

"저도 업을게요."

당시 7살이던 아이의 눈에 아빠보다 어른인 할머니를 등에 업는 것이 낯설고 이상하게 느껴졌나 봅니다. 등에 업는 대상은 어른이 아니라 갓난아기라는 생각이 강했겠지요. 그 말을 들으니 웃기기도 하고 힘이 나기도 하더군요. 한집에서 함께 살아야 가능한 일인데, 현실적으로 좀 힘든 일이겠지요. 형돈이가 저처럼 시골에서 사는 것을 좋아하여 어른이 되어서도 시골 생활을 한다면 모를까 말이지요.

동이 터오는지 창문이 환해집니다. 화로에 찻물을 올려 두고 외투를 걸친 채 마당으로 나갔습니다. 휘몰아치는 바람과 함께 진눈

깨비가 어지럽게 날리는데, 놀랍게도 그 추위 속에 매화 몇 송이가 꽃망울을 터뜨리고 있었습니다. 기다리지도 않았던 이른 대면이기에 반가움보다 가여운 마음이 앞섰습니다. 나는 바람에 떨고 있는 꽃송이들을 보며 속으로 읊조렸습니다.

철 이른 매화에게

김창오

이제 겨우 입춘이 지났을 뿐인데
그대 어쩌다가
북풍 매몰찬 날 꽃망울을 터뜨렸나

정녕 그대는 몰랐나,
우수 경칩이 지나서야
남쪽 나라의 따뜻한 바람이
불어온다는 것을

그대
그토록 애타게 봄을 기다렸나,
하얀 꽃잎 밤새 추위에 떨며
애처롭게 사위어가는 줄도 모르고

갓 피어난 가녀린 그대를

송두리째 품어가는 나를
원망하지 말게나
철모르고 일찍 피어
아직은 겨울인 절기를
그 그윽하고 아득한 향기로
물리치려 한 죄 너무 크나니

다실 화로 위에서는 탕관이 끓고 있고, 차탁에는 차를 우려낼 다
구가 놓여 있고, 때마침 피어 있는 매화꽃 몇 송이라! 열흘 음식은
참아도 올해 처음 음미할 매화차를 거부할 용기나 인내심 따위는
내게 없습니다. 기어이 추위에 떨고 있는 매화꽃 몇 송이를 따다가
찻잔에 띄웠습니다.

그윽한 녹차 향기와 매혹적인 매화꽃 향기가 서로 뒤엉켜 다실
안에 가득 퍼집니다. 혼자 마시기가 미안해서 아내도 깨워서 함께

마셨습니다. 차향에 취한 나는 아내에게 즉흥시를 한 수 지어 바쳤습니다.

매화차

김창오

봄을 기다림은
곧 매화를 기다리는 것

다섯 장 꽃잎 속에
매운 추위 온전히 품어 안고
아득한 향기를 온 세상에 흩뿌리기 때문이지

봄이 나에게 올 수 있는 것은
찻잔에 매화 한 송이 찾아와
입맞춤을 유혹하는

그 아찔한 순간이
내 초라한 생에도 주어지기 때문이지

이른 아침에 마시는 한잔의 차는 마음을 다독이고 눈빛을 순하게 해 줍니다. 나는 잠시 계절도 잊고, 눈앞에 놓인 바쁜 세상일도 잊었습니다.

백 년 만의 폭설

　우수도 경칩도 지난 3월 초순 어느 날, 다시 한겨울로 돌아간 듯 폭설이 내리고 있습니다. 그제 내린 폭설로 출근길이 마비되고 고속도로가 막혔습니다. 대전에는 하루 동안에 무려 49cm의 눈이 왔는데, 이것은 기상 관측이 시작된 후 최고의 기록이었습니다. 백 년 만에 내린 폭설이라고 합니다. 대전에 사는 처제가 언니가 걱정된다고 안부 전화를 할 정도였습니다. 정말 무릎이 빠질 정도로 눈이 내려서 일상적인 활동이 거의 마비되었고, 평소라면 30분 정도의 출근 거리가 택시로 5시간이 걸리고, 요금도 5만 원이나 나왔습니다. 이번 폭설로 600년 넘은 소나무 가지들이 벼락 치는 소리를 내며 부러져 나가, 온 마을 사람들이 천둥소리보다 더 큰 소리에 벌벌 떨었다고 합니다. 특히 대전 충남 지역 농민들의 피해가 막심한데, 특히 하우스 재배 농가들의 피해가 제일 컸습니다. 폭설에 철골이 휘어 무너지고 비닐 망이 강풍에 갈기갈기 찢어졌습니다.

　내가 거주하는 영암 지역에도 눈이 제법 왔습니다. 어제저녁에는 한때 앞이 안 보일 정도로 눈보라가 치더군요. 아침에 창밖을 보니 온 들과 산이 하얀 눈으로 덮여 있었습니다. 3월 중에 매서운 꽃샘추위가 한두 번 찾아오면서 눈발이 날리는 것은 흔히 있는 일이고 많이 보아 왔지만, 이렇게 발목이 빠질 정도로 눈이 쌓인 모습은 거의 본 적이 없었습니다. 최근 몇 년 동안 전 지구를 휩쓸고 있는 기상 이변 때문에 생긴 재앙일까요?

최근 세계적인 환경연구소들은 인류가 '6번째 대량 멸종 시대'로 진입하고 있다는 무서운 경고를 내놓았습니다. 지구 역사상 다섯 번의 대멸종이 화산 폭발이나 운석 충돌 같은 거대한 자연재해 때문이었다면, 지금 우리가 마주한 위기는 오직 '인간'이라는 한 종의 활동 때문에 야기되었다는 점이 특이합니다. 자연의 순리 대신 인간의 탐욕이 멸종의 시계를 돌리고 있다는 지적입니다.

그 원인은 멀리 있지 않습니다. 우리가 풍요와 편의를 위해 벌이는 각종 개발이 동식물의 터전을 야금야금 갉아먹고 있습니다. 숲은 깎여 나가고, 강과 습지는 메워지며, 숨 쉬어야 할 흙은 아스팔트와 콘크리트로 포장됩니다. 여기에 지구 온난화라는 거대한 재앙이 더해지면서 생태계는 회복할 수 없는 지점으로 치닫고 있습니다. 생태계가 파괴되면 결국 인간에게 돌아오는 것은 맑은 공기와 깨끗한 물 대신, 오늘 우리가 목격하는 이 기상 이변과 같은 가혹한 재앙뿐입니다. 그럼에도 우리는 눈앞의 이익을 위해 그 절박한 경고를 외면한 채, 여전히 산을 허물고 물길을 막는 오만한 토목 사업을 멈추지 않고 있습니다.

내가 사는 지역은 영산강 하구 지역입니다. 45여 년 전만 해도 마을 가까운 곳까지 바닷물이 철썩거리는 지역이었습니다. 갯벌이 광활하게 펼쳐져 있었고, 동네 꼬마들은 강가에 가서 굴도 따고, 먹도 감고, 진흙 마사지도 하며 놀았습니다. 아낙네들은 낙지, 조개, 맛, 게, 대가니와 같은 해산물을 잡아다가 시장에 내다 팔아 돈을 샀습니다. 당시 서울 명동 낙지집에서는 '영암 낙지'라는 상호를 걸고 장사를 했을 정도로 영암 낙지가 유명했다고 합니다. 특히 영암에는 미암면 문수포라는 바닷가 지역이 있는데, 이곳에서 생산되는 세발 낙지는 전국적인 명성을 얻었습니다. 그런데 이곳도 간척 사업을 벌이면서 천혜의 갯벌이 사라지고 말았습니다.

당시에는 쌀이 귀하던 시절이라서 갯벌보다는 농지가 환영받는 풍토였습니다. 그런데 지금에 와서는 상황은 완전히 역전되었습니다. 미암 주민들은 갯벌이 사라진 관계로 더 이상 세발낙지를 잡을 수가 없습니다. 지금 세발낙지 한 마리 당 5천 원에 거래되고 있습니다. 세발낙지는 말 그대로 낙지발이 가늘고 크기가 작은 낙지를 이르는 명칭인데, 한입에 털어 넣고 먹을 수 있는 크기입니다. 한 마리 당 5천 원이면 정말 금값이나 마찬가지입니다. 쌀값하고는 비교가 안 되는 가격입니다. 내가 어렸을 때 생선 장수들은 낙지를 한 바가지 가져와서 쌀 한 되하고 바꿨습니다. 지금은 정반대입니다. 세발낙지 열 마리면 쌀 한 말을 살 수가 있습니다.

영산강 하굿둑을 막아 갯벌을 없애는 대신 많은 농토를 얻긴 했지만, 엄청난 안개가 발생하여 농작물의 생육에 많은 지장을 주고 있습니다. 특히 영암 삼호는 우리나라 무화과의 80%를 생산해 내는 무화과 명소입니다. 하지만 영산호가 생긴 후 수확량이 급감했다고 합니다.

또 영암의 특산품 중에 군서면과 도포면 바닷가에서 주로 생산하던 '어란'이라는 상품이 있습니다. 옛날에는 임금께 올리는 진상품이었습니다. 어란은 숭어알을 재료 삼아 만드는 식품인데, 그 맛이 독특하고 별나서 지금도 아는 사람들은 이 어란을 많이 찾습니다. 숭어는 민물과 바닷물이 교차하는 강어귀에 사는 물고기입니다. 특히 영암 영산강 숭어의 맛이 전국에서 최고로 알아줬다고 합니다. 그 이유는 영산강 갯벌의 뛰어난 품질에서 기인한다고 합니다. 그런데 이제는 갯벌이 사라지면서 영암 어란의 명성도 많이 퇴색하고 말았습니다.

그리고 특산품은 아니지만 영암 사람들이 즐겨 찾던 '운저리'라는 이름을 가진 생선이 영산강 갯벌에 가득했었습니다. 마을 앞 갯가를 '언머리'라고 불렀는데, 여름이 되면 이곳은 늘 운저리 낚시 하러 온 사람들로 붐볐습니다. 나 역시 동네 형들을 따라 이 바닷가를 자주 다녀오곤 했습니다.

어릴 때 기억을 되살려 보면, 언머리 풍경은 평범하면서도 운치가 있었습니다. 멀리 시종과 도포가 마주 보이고, 목포와 덕진포를 왕래하는 여객선과 고깃배들이 종이배처럼 가벼워 보였습니다. 바닷가에는 커다란 너럭바위가 있었고, 바위 위쪽으로는 수형이 뒤틀린 소나무들이 여러 그루 그늘을 만들고 있었습니다. 어른들은 그 바위 위에서 갯지렁이를 바늘에 끼워 운저리를 유혹했습니다. 소년들은 맨발로 갯벌 위를 뛰어다니며 조개도 잡고, 굴도 땄습니다. 물론 갯벌을 온몸에 바른 채 바다 수영을 하는 것은 기본이었습니다.

어른들은 운저리 낚시를 갈 때 도마, 작은 칼, 된장, 풋고추, 마늘,

막걸리 등을 챙겼습니다. 운저리처럼 잘 낚이는 물고기가 또 있을까요? 낚싯대를 물속에 넣기가 바쁠 정도로 입질을 해 댔습니다. 서너 시간만 낚아도 족히 수십 마리는 낚을 정도였습니다. 어른들은 운저리를 잡아 올리기가 바쁘게 도마 위에 올려놓고 작은 칼로 등을 탔습니다. 운저리의 푸른 등짝에 칼자국을 낸 다음 내장을 들어내고 그 자리에 된장과 마늘, 풋고추를 엄지손가락으로 꼭꼭 밀어 넣었습니다. 한 손으로 술잔을 들고 막걸리를 꿀꺽꿀꺽 들여 삼킨 다음, 등 탄 운저리를 통째로 넣고 한입에 베어 물었습니다. 운저리는 온몸을 뒤틀며 거세게 저항했습니다. 하지만, 파닥거리는 꼬리에 뺨을 후두둑 두들겨 맞으면서도 어른들은 입에 문 운저리를 그냥 놓아 준 적이 없었습니다.

막걸리 한 사발을 곁들여 마시는 운저리 안주는 보릿고개를 힘겹게 넘긴 사람들에게 더 없는 먹거리 선물이자 보양 식품이었습니다. 이렇게 현장에서 먹고 남은 운저리는 대나무로 만든 꼬닥에 넣어 집으로 가져왔습니다. 운저리는 날것으로 먹는 게 최고였지만, 찌개로 끓여 먹고, 초무침 해 먹고, 말려서 구워 먹는 등 그 조리법이 실로 다양했습니다.

그리고 마을 서쪽에 '학파농장'이라고 하는 1943년에 조성된 너른 간척지가 있습니다. 그 사이를 관통하여 흐르는 강을 서호강이라고 하는데, 영산호 하구둑이 생기기 전까지만 해도 학파다리 아래서 갱조개(재첩)를 잡는 사람들로 몹시 붐볐습니다. 이곳에서 잡은 갱조개는 여름철 별미였습니다. 섬진강 재첩이 요즘 유명하다지만, 서호강 갱조개 맛 또한 별미였습니다. 갱조개를 잡을 때는 주로 달이 없는 날을 택했습니다. 달이 밝으면 꺙조개가 잠을 못 자 알이 실하지 못하기 때문입니다. 푸르스름한 빛을 띠는 꺙조개 국물에 보리밥을 말아 먹으면 반찬이 따로 필요 없었습니다.

그러나 영산강 하굿둑을 막아 갯벌을 모조리 없앤 후, 이러한 모든 것들은 먼 옛날의 추억이 돼버렸습니다. 이제는 어란도, 운저리도, 꺙조개도, 구경조차 힘듭니다. 혹시나 어렵사리 구해서 먹는다고 해도 가격이 비쌀 뿐더러 영암이 아닌 다른 지역에서 구한 재료로 만든 것들이라 흥미가 떨어지는 것이 사실입니다.

광활한 갯벌을 잃은 영암과는 달리, 인근 지역인 강진, 신안, 무안, 함평, 영광, 순천 등지에서는 갯벌을 관광 상품화하여 전국 각지에서 관광객들을 끌어들이고 있습니다. 별다른 생산 시설이 없는 농촌 지역에서 무공해 산업이자 친환경 산업인 관광산업을 활성화하는 것이 지역의 생존과 직결되고 있는 현실을 직시해 볼 때, 영암이 영산강의 아름다운 풍광과 갯벌을 잃어버린 것은 안타깝고 슬픈 일입니다. 지금 대부분의 영암 사람들은 그 '좋았던 옛날'을 그리며 멀리 내다보지 못한 것에 대해 후회하고 있습니다. 전북의 새만금도 머지않아 우리 영암과 같은 처지가 되지 않을까 걱정됩니다.

아마존강 유역의 밀림의 파괴와 아프리카와 중국의 사막화, 빙하가 녹음으로써 생긴 해수면의 상승, 오존층의 파괴는 지구의 환경을 위협하며 기상 이변을 연출하고 있습니다. 여기에다 인간들의 탐욕과 무지가 겹쳐 온갖 지하자원을 약탈하여 고갈시키고 있고, 강대국들은 한 걸음 더 나아가 각종 신무기를 개발하여 성능을 시험하고, 까딱하면 구실을 만들어 힘없는 나라에다 무차별 폭격 하고 있습니다. 지구의 피부는 폭탄을 맞아 터지고 갈라지고 있습니다. 지하자원 개발이라는 명목으로 인간들은 굴착기를 동원하여 지구의 피부를 뚫고 지구의 심장 부근까지 접근해서 자연을 착취하고 있습니다. 지구 입장에서 인간이란 족속은 암세포와 다름없습니다. 지구가 폭발하지 않고 지금까지 버티고 있는 것만 해도 신기할 정도입니다.

사람들은 자연과 조화를 이루며 더불어 살아가는 법을 잊어버렸습니다. 기계를 발명하여 문명사회를 이루는가 싶더니, 자연에 대한 겸손을 잊어버리고 자연과 환경을 제멋대로 이용할 수 있다는 오만에 차 있습니다. 인간들은 이제 기후를 지배할 수 있다는 거대한 꿈까지 꾸고 있습니다. 그 첫 단계로 세계 각국은 십만 개 이상의 관측소를 설치하고 또 수많은 위성을 이용하여 족히 40억 평방마일에 이르는 대기를 관측하는 국제기구를 만들었습니다. 일기 예보는 이제 현대인에게 없어서는 안 될 필수품이 되었습니다. 크고 작은 행사를 하기 전에 반드시 기후와 날씨를 확인합니다. 슈퍼컴퓨터와 기상 관측 기술의 발달로 상당한 수준의 정확도를 자랑하고 있습니다. 그러나 자연은 이를 비웃기나 하듯 전 세계 곳곳에 이상 기후를 만들어 한파와 가뭄과 홍수와 태풍을 일으키고 있습니다. 우리나라도 최근 몇 년 동안 태풍과 홍수가 발생하여 극심한 피해를 입었습니다. 그래도 그때뿐, 사람들은 곧 잊어버립니다.

기후를 지배한다거나 또는 완벽하게 이해하여 예측할 수 있다고 생각하는 것은 인간의 오만에서 비롯한 착각입니다. 지금까지 인류 역사상 인간이 기후의 영향에서 벗어난 적은 한 번도 없었습니다. 성경에 나오는 노아의 방주, 콜럼버스의 항해, 스페인 무적함대의 패배, 나폴레옹의 모스크바 패배, 1944년 노르망디에서의 연합군 작전과 같은 인류 역사상 큰 획을 그었던 대사건들은 모두 기후의 영향력에 달려 있던 것들이었습니다. 러시아의 혹한 때문에 패퇴를 계속하다가 워터루의 비로 인하여 완패한 나폴레옹의 상황을 분석한 프랑스의 작가 빅토르 위고는 다음과 같은 유명한 말을 남겼습니다.

"약간의 기후 변화만으로도 하나의 제국(帝國)을 붕괴시키기에 충분하다."

우리는 지금 중대한 갈림길에 서 있습니다. 이대로 직진하여 멸망의 위기를 맞이할 것인가, 아니면 멈춰 서서 성찰하며 지속 가능한 길로 회귀할 것인가. 이 선택은 프로스트가 머뭇거렸던 '가지 않은 길'처럼 결과에 상관없이 이래도 좋고 저래도 좋은, 낭만적인 고민이 아닙니다. 그것은 사느냐 죽느냐를 결정짓는 햄릿의 외길이자, 우리 아이들에게 어떤 지구를 물려줄 것인가를 결정하는 최후의 통첩입니다.

창밖엔 여전히 세찬 눈보라가 몰아치고 있습니다. 백 년 만에 내린 3월의 폭설이 우리에게 던지는 이 엄중한 경고를, 우리는 결코 가볍게 넘겨서는 안 될 것입니다.

길 위에서 길을 묻다

밤새 눈이 내렸습니다. 올겨울 들어 눈이 자주 내립니다. 이렇게 펑펑 눈이 내리는 날이면 눈 덮인 초가지붕 풍경이 생각납니다. 높은 곳에서 마을을 굽어보면 온 초가집들이 바가지를 엎어 놓은 것처럼 곡선을 그리며 옴팍하게 땅에 엎드려 있었습니다. 인류가 방랑 생활을 접고 한곳에 정착하여 살기 시작한 이후로 수많은 형태의 가옥과 건축물을 지었지만, 그중에서도 이 초가집만큼 아늑하고 정감이 가는 건축물은 드물 것입니다.

추운 겨울밤, 소여물을 쑤느라 뜨끈뜨끈하게 달아오른 쇠죽 방에 앉아 밖에 눈 오는 소리를 들으며 할머니 처녀적 얘기를 듣다 보면 어느덧 나도 모르게 잠이 들곤 했습니다. 그러다 월출산 천황봉 너머로 동이 터 올 무렵 창호지 문을 열고 툇마루에 나가 보면, 아! 세상은 별천지였습니다. 눈 덮인 초가지붕과 산과 들과 나무들의 풍경은 거룩함이었고, 순결함이었고, 순박함이었습니다.

외양간 소가 동녘 하늘을 향해 긴 울음을 토해 내면 그때서야 눈 속에 잠들어 있던 동화 속의 마을은 잠을 깹니다. 아버지는 물지게를 지고 우물로 가시고, 어머니와 누이는 아궁이에 불을 지펴 아침을 준비하십니다. 형과 나는 땅에까지 닿아 있는 고드름을 꺾어 칼

싸움을 벌이며 마당에 또골또골 내뒹굴었습니다. 동네 꼬마들은 너나 할 것 없이 서당까끔으로 달려가 소나무 그늘이 드리워진 신작로에 수북하게 쌓여 있는 눈을 발로 다져 빙판길을 만들었습니다. 얼굴이 비칠 정도로 반짝반짝 윤이 난 빙판길에서 등잔불로 휜 대나무 스키를 타면서 얼마나 신나게 깔깔댔던지요? 낙상이 두려워 벌벌 떨던 동네 어른들의 잰 걸음걸이는 개구쟁이 소년들에게 또 하나의 볼거리에 지나지 않았습니다.

이제 그 소년이 장년이 되어 이 마을 저 마을 고갯길을 넘나듭니다. 발목이 빠질 정도로 눈이 내렸는데도 눈 덮인 초가지붕도, 소나무 아래 빙판길에서 대나무 스키를 타는 소년도 더 이상 볼 수가 없습니다. 대신에 최첨단 과학 기술의 은혜를 입은 기상청에서 대설경보를 내렸다는 소식이 하얀 들녘을 뒤덮습니다.

아침 일찍 동네 호숫가 해·달맞이 언덕에 나가 함박눈이 펄펄 내리는 모습을 꽤 오랫동안 지켜보았습니다.

대설경보

김창오

밤새 하늘이 흐리고
은적산 솔숲 솔가지 부러지는 소리,
고샅 신우대 숲 눈 터는 소리에
뭔 일이 일어날 줄 알았습니다

세상에 기적이 있다면
세상의 기적을 믿는다면
그 기적은 오직 한 가지뿐
하늘에서 눈이 내리는 것

오늘 아침
나는 기적을 보았습니다
모든 소란스러운 것들과 불결한 것들이
일순간 수백의 고요 속으로
자취를 감추고
세상은 순결함으로 빛났습니다

경쟁과 미움으로 번득거리던 눈빛들도
함박눈을 맞아 잠시 순해지고
절망으로 비틀거리던 두 발걸음도
무릎까지 쌓인 눈길을 걸으며
다시 짱짱해졌습니다

사는 일이 버겁고
세상 돌아가는 일이
비루해 보일 때에는
고향으로 돌아와
눈길을 걸을 일입니다

이곳 남도에 내리는 눈은 밤새 제법 내렸다 할지라도 오전 햇볕만 비춰도 금방 녹습니다. 오후 서늘한 겨울 햇살을 받으며, 모정리에서 검주리를 지나 서호강 갈대밭까지 눈 덮인 신작로를 묵묵히 걸었습니다.

길을 걸으며 길 위에서 또 다른 길을 내려다봅니다. 길은 어쩐지 마을을 지키는 당산나무를 닮았습니다. 우뚝한 몸통이 있고, 거기에서 갈라지는 큰 가지가 있고, 다시 거기에서 갈라지는 작은 가지가 있습니다. 길도 마찬가지입니다. 커다란 신작로가 있고, 거기에서 마을과 논밭으로 통하는 작은 길들이 나눠지고, 다시 거기에서 골목길과 논두렁길로 나눠집니다.

생김새뿐만 아니라 품성도 비슷합니다. 당산나무도 길도 사람을 차별하지 않습니다. 누구든 찾아와 말을 걸고 기도하는 사람이 나무의 주인이듯, 먼 길이든 험한 길이든 따지지 않고 걷는 사람이 그 길의 주인입니다. 그러니 적어도 길을 걷고 있는 순간만큼은 누구나 평등합니다. 사람들이 길을 걷는 이유는 어쩌면 이러한 길의 덕성을 느껴 보고 싶은 무의식의 소산일는지도 모릅니다.

당산나무도 길도 모두 소망의 소산입니다. 물론 차이는 있습니다. 당산나무 가지들이 사람들의 소망을 하늘로 이어 주는 형이상학적인 통로라면, 길은 사람들의 소망을 낮은 곳, 즉 땅으로 이어 주는 현실적인 통로입니다. 하지만 둘 다 소망을 품고 있다는 점에서는 서로 닮았습니다. 그래서 나무를 심어 가꾸는 사람과 이웃을 위해 길을 내는 사람은 희망을 노래하는 사람이라고 나는 생각합니다.

　수천 년 동안 무수한 사람들이 저마다의 소망을 품고 이 길을 걸어 다녔을 겁니다. 농부는 풍년을 꿈꿨을 것이며, 혁명가는 세상을 뒤집어엎는 꿈을 꾸었을 겁니다. 이웃 마을 처녀, 총각들은 가슴 뛰는 사랑을 그리며 수줍은 발걸음을 엇갈려 섞었을 것입니다.

　나무가 하늘을 향해 잔가지를 치며 무한히 뻗어 나가는 존재라면, 강은 산골짜기에서 시작된 실개천의 숱한 사연들을 한곳으로 수렴시켜 스스로의 몸집을 키우는 존재입니다. 낮은 곳으로 임하며 작은 시내와 샛강을 품어 안아 비로소 큰 물줄기를 이룹니다.
　강은 하늘에 닿지 못한 인간의 소망들이 별똥별처럼 떨어져 흐르는 곳입니다. 이루지 못한 꿈들이 모여 더 큰 희망으로 일렁이기도 하고, 때로는 가라앉지 못한 절망이 더욱 깊게 고이는 곳이기도 합니다. 길이 희망을 향해 나아가는 역동적인 발걸음의 기록이라면, 강은 그 모든 발걸음이 가져온 기쁨과 슬픔을 묵묵히 받아 내는 역사의 기록입니다. 인류의 모든 문명과 역사가 강가에서 태동한 것은 결코 우연이 아닙니다. 남도의 파란만장한 역사가 영산강의 굽이진 물줄기 속에 고스란히 녹아 있듯이 말입니다.

　서호강 갈대숲을 향해 걷는 길 위에서, 나는 다시 나 자신에게 묻습니다. '그대는 왜 걷는가, 그리고 어디로 가고 있는가.' 당당하게 대답할 명쾌한 논리가 아직 내게는 없습니다. 그것은 '왜 사는가'라는 존재론적 질문이자 '삶의 궁극적인 목적은 무엇인가'를 묻는 지엄한 화두이기 때문입니다. 어쩌면 그 답을 찾지 못했기에 나는 계속 걸어야 하는지도 모릅니다. 더 이상 걸을 수 없는 지점, 즉 생의 끝자락에 도달할 때까지 끊임없이 길을 묻고 발을 내딛는 것, 그것이 인간에게 부여된 숭고한 숙명일 것입니다.

서호강은 월출산 도갑사 홍계골에서 발원하여 옛 학파 들녘 중앙을 관통하면서 영산강으로 흘러 들어가는 샛강입니다. 강 중간 지점에 사람만 건너다닐 수 있는 좁은 다리가 하나 놓여 있습니다. 모정리와 강 건너 학파동 마을을 이어 주는 다리로, '학파다리'라고 불립니다. 학파다리 위에 서면 강변 양쪽으로 갈대숲이 광활하게 펼쳐집니다. 다리 위에 서서 잠시 머리를 식히다가 들바람에 세차게 흔들리며 서걱대는 갈대숲 안을 들여다보았습니다.

이름 모를 새들이 바짝 마른 갈대숲 속에서 각기 제 생김새와 어울리는 울음소리를 내며 바쁘게 날아다닙니다. 갈대는 쉼 없이 고개를 주억거리지만, 새들은 그 틈 속에서도 갈대와 갈대의 몸통을 잇대어 자손을 번식시킬 둥지를 틉니다. 이제 봄이 오면 저 메마른 갈대 뿌리에서 새순이 나오고, 신우대처럼 새파란 몸통 마디마디마다 새잎을 내밀 겁니다. 그 이파리들은 점차 무덥고 습한 대지의 기운과 작렬하는 태양의 도움을 받아 사람도 독수리도 감히 내다볼 수 없는 컴컴하고 은밀한 공간을 만들어 낼 것입니다. 바야흐로 물고기와 풀벌레와 새들의 낙원이 건설되겠지요.

하지만 사람들은 갈맷잎 무성한 여름에 오지 않습니다. 꼭 빛바랜 겨울에 찾아옵니다. 때로 사람들은 겉으로 웃고 속으로 울기 위해 갈대숲을 찾습니다. 강물은 영원히 흐르고, 세월도 영원히 흐릅니다. 갈대들은 영원 속에서 피고, 지고, 나고, 죽기를 반복합니다. 그러나 사람들은 겨울 갈대숲에 와서 속으로 흐느껴 울다가 갈 뿐,

봄에 다시 돌아올 줄 모릅니다.

다시 길 위에 섭니다. 저 언덕 아래 여러 갈래의 길이 보입니다.
'어느 길로 걸어가야 할까. 앞으로 계속 가야 할까, 옆으로 돌아가
야 할까, 아니면 되돌아가야 할까.'

선택은 자유지만, 책임이 따릅니다. 사람들은 남이 닦아 놓은 길
을 따라가려는 경향이 있습니다. 아마도 사람들이 먼저 걸었던 길
이기에 그 길이 안전하다고 생각하기 때문일 것입니다. 그러나 남
이 닦아 놓은 길만 따라 걷는 것은 조금 지루할 것 같습니다. 호기
심과 모험심에서 발현되는 생기 넘치는 기상과 가슴 뛰는 설렘이
없습니다.

사실 길이란 남이 닦아 놓은 것을 따라가는 것이 아니라, 스스로
만들어 가는 것입니다. 자신의 길을 새로 내어 걷는 일은 인간의 한
계를 극복하고 스스로 자기 삶의 주인이 되는 거룩한 행위입니다.
새로운 길은 언제나 우리 앞에 놓여 있습니다. 필요한 것은 오직 뛰
어들 용기뿐입니다. 넘어지면 또 어떻습니까. 다시 일어나 걸으면
그뿐입니다. 도전하는 이에게 실패란 없습니다. 다만 성숙해지는
과정이 있을 뿐입니다.

우리가 이 추운 겨울날, 기어이 길 위에 서서 길을 묻고 다시 발
을 내딛는 한, 우리의 도전은 멈추지 않을 것입니다. 그 걸음의 끝
에서, 우리는 어제보다 더 단단하고 깊어진 자신을 만나게 될 것이
라 확신합니다.

에필로그

고향이 부르는 소리에 답하다

청년기를 대도시에서 보내며 평범한 일상을 영위하던 1998년 봄 어느 날이었습니다. 퇴근길 저녁, 아내와 어린 아들이 기다리는 집으로 향하던 중 문득 고향이 부르는 소리를 들었습니다. 나는 그 부름에 기꺼이 응답하기로 했습니다.

귀향을 결심한 데는 몇 가지 이유가 있었습니다. 우선 고향 마을에 병환으로 누워 계신 노모를 누군가는 보살펴 드려야 할 상황이었습니다. 또한 세 살 난 아이의 교육 문제도 절실했습니다. 평소 흙을 밟고 사는 삶을 동경했던 아내는 아이에게 할머니의 사랑을 듬뿍 받게 해 주자며 먼저 손을 내밀었습니다. 우리는 이 아이가 자라날 20년 후의 세상은 지금과는 많이 다를 것이라 믿었습니다.

자유로운 영혼으로 자신만의 세상을 일구는 사람, 이웃과 더불어 화목하게 살 줄 아는 사람, 자연을 향한 예민한 감수성을 지닌 사람, 농사와 살림을 익혀 제 몸을 스스로 건사할 줄 아는 사람. 시골 마을 공동체에서 유년기를 보낸 경험이 있는 이가 진짜 경쟁력 있는 사람으로 인정받는 시대가 올 것이라 확신했습니다. 한 인간의 행복은 유년기에 아름다운 추억을 얼마나 많이 쌓아 놓았느냐에 달려 있다고 생각합니다.

귀향을 서두르게 한 또 하나의 이유는 내 안에 숨어 있던 동심이었습니다. 아이를 기르며 함께 보내는 시간이 많아질수록, 까마득히 잊고 지냈던 나의 어린 시절이 어제 일처럼 생생하게 소환되었습니다.

마을 앞 들녘에 피어오르던 봄 아지랑이, 피라미와 버들치가 떼 지어 노닐던 시냇물, 논둑 아래에서 쟁기질하시던 아버지의 뒷모습과 파도처럼 일렁이던 오월의 보리밭 물결. 까치집을 품은 우람한 당산나무와 연꽃 향 가득한 마을 호수, 석양을 등지고 소를 몰아 돌아오던 둑방길과 여름 밤하늘을 수놓은 은하수의 별들.

달빛을 등불 삼아 밤에도 텃밭을 가꾸시던 어머니의 모습, 할머니와 평상에 앉아 까먹던 찐 감자와 마당 끝에서 서걱대던 신우대 숲, 지붕 위로 피어오르던 저녁밥 짓는 연기와 달빛 아래 하얗게 빛나던 박꽃, 친구들과 해 질 무렵까지 뛰어놀았던 소나무 동산, 불깡통을 돌리던 대보름의 저녁 풍경까지….

일단 유년의 추억이 물밀듯이 밀려오자 고향을 향한 그리움은 걷잡을 수 없이 커졌습니다. 어머니 봉양과 아이의 '시골 교육' 필요성 그리고 지독한 향수병까지 겹치자 더는 서울에 머물 이유가 없었습니다. 아내의 적극적인 지지에 힘입어 우리는 망설임 없이 이삿짐을 쌌습니다. 귀향 후 태어난 둘째 아들은 마을 주민들에게 오랜만에 아기 울음소리라는 귀한 선물을 들려주기도 했습니다.

아내의 바람대로 두 아들은 할머니와 동네 어른들의 사랑을 듬뿍 받으며 씩씩하게 자라 주었습니다. 성인이 된 아이들에게 물으니 "시골에서 자랄 수 있어서 정말 행복했다"고 답합니다. 그 한마디가 28년 전 감행했던 우리의 도전이 헛되지 않았음을 확인해 주었습니다.

어머니가 돌아가신 후, 12년 동안 신혼의 단꿈도 접어 둔 채 시어머니를 봉양하느라 애쓴 아내에게 고맙다는 인사를 건넸습니다. 아내는 생택쥐페리의 말을 빌려 이렇게 답하더군요.

"자유를 누린 자의 기쁨보다 의무를 다한 자의 행복이 더 큽니다."

우리의 귀향은 제법 의미 있고 보람 있는 선택이었습니다. 고향의 부름에 응답하며 걸어온 이 길 위에서, 나는 비로소 내 삶의 평온한 마침표와 새로운 시작을 동시에 발견했습니다.